ÓRBITAS CONCÉNTRICAS

ÓRBITAS CONCÉNTRICAS

Luz Stella Mejía Mantilla

Órbitas Concéntricas
Primera edición, junio de 2025

Diseño de portada: Santiago Mosquera
Diseño interior: Rosario Mejía

Tessellata Libros

ISBN: 979-8-9917627-3-1
Library of Congress Control Number: 2025911782

TESSELLATA BOOKS
Virginia, USA
editora@tessellata.org
www.tessellata.org

A Jeff

Contenido

TÓNTILO PAJAREANDO EL AZULIJO

Estos arbustos raquíticos no me agazapan nada y ni siquiera me protegen de los ventiladores aéreos que me despeinan. Al menos este viento sirve para calmar el calor de playa sin mar. ¿Dónde está el mar?, siempre lo veo desde todas partes: desde mi apartamento, mi colegio, la casa del abuelo, el parque y claro, el trabajo de mami, que está en esa roca enorme que se ve al final de la playa.

¿Dónde está mami?, ella es la única que entiende todas mis palabras. Ya no me gusta este viento ruidoso que produce el tóntilo pajareando sobre mí, pero si me acurruco más, se me mete la arena en los ojos. Esto es como un desierto. Me da risa el coyote que sale disparado en un cohete detrás del correcaminos y pasa el mismo espinadero verde una y otra vez. Papi me dijo: No digas espinadero, esa palabra no existe, se llama cactus y yo pienso: claro que existe la palabra. Yo la digo: *es-pi-na-de-ro*. Y ahí está. En mi boca. Y en tus sesos. Para siempre. Me dan ganas de llorar. Vengo a un bosque para evitar la luz y encuentro esta caricatura de árboles y esos espinad... cactus que no sirven para nada, ni para esconderse.

Escondida en lo oscuro estaba cuando El Otro se quedó tieso, me dio miedo y corrí a buscar un escondite más oscuro. El problema es que en este bosque no hay nada grande para esconderse, todo bajito, sin recovecos. Recoveco significa sitio escondido, lo sé porque la escuché en un programa sobre los corales y corrí a buscarla en *Mi Pequeño Larousse*. Yo quería ir a la Gran Roca a buscar a mami, pero el camino está lúcido sin oscuranas, ningún escondite y lleno de adultos que me preguntarían. Me pregunto si mami me está buscando.

Cuando el coyote corre, los cactus pasan más rápido para el otro lado, una y otra vez, son unas manos haciendo pistola, con el dedo tieso. Mami me regaña si hago pistola y dice que eso es grosero.

Una vez subimos a la Sierra Nevada, hacía mucho frío y tenía que usar guantes. Me los quité y quedaron con el dedo del corazón así, estirado, me reí mucho y pegué con cinta los dedos doblados y así los dejé sobre la mesa. Papi se puso muy bravo y me pegó. Primera vez. Grité que me quería morir y me pegó peor. Una niña tan pequeña no hace ni dice esas cosas, dijo con las cejas juntas y los ojos del coyote. Pensé que yo era una niña pequeña y hacía y decía esas cosas, entonces recordé que yo no era terrícola. Le mandé un mensaje mental a mi familia de verdad, allá en Espokia, para que ya vinieran a buscarme. Este experimento estaba haciéndose muy largo y difícil, les dije en espokiano.

En medio del ruido del tóntilo que se come todos los demás, me parece escuchar un aullido. ¿Será el coyote? Pero estos cactus son todos distintos, no son los del coyote haciendo pistola. Tampoco es un desierto, es un Bosque Seco Tropical, dice mi álbum de chocolatinas Jet, que crece sobre las montáñulas alrededor de la ciudad. No son montáñulas, son montañas, decía papi. Yo me agarro a mi palabra porque esas pequeñas montáñulas no pueden ser montañas, altas y gordas como la Sierra o como Monserrate en Bogotá, a donde fui con mi tía y mi primito de vacaciones, como quería papi, que le decía a mami cuando creía que yo no escuchaba: por favor, mándala de vacaciones, necesito un poco de paz, ya no la soporto. Al final fue él quien se fue de vacaciones permanentes y nos quedamos en paz mami y yo.

Pero estoy triste, porque decían "bosque" y yo pensaba en árboles como los de Hansel y Gretel, pero éste es tan despelucado como la cabeza de mi abuelo. El abuelo que se molestaba todas las tardes apenas yo llegaba. Dory, llévese a la niña, mandaba, y ella me llevaba directo a la cocina, mientras él conversaba con mi primo pequeño de carros y aviones y proyectos fantásticos, y le daba plata para que fuera a comprarse dulces para él solo.

Mientras Dory hacía la comida y la limpieza, yo le contaba historias o le leía libros, y a veces interpretaba obras cómicas que me inventaba para verla reír. Casi nunca reía, la Dory. Tampoco se rio cuando el abuelo se agarró el pecho con una mano aguilucha, con gárridos dedos como raíces bulbosas y abría y cerraba la boca como un resbalido peceroso. Pero era Dory la pecerosa y se lo dije: Vete rapidando porque ahora estás en el mar. No me entendió.

Los aullidos se escuchan más cerca y pienso en una manada de sirenas… no, ¿será más bien un cardumen de sirenas? Voy a googlearlo en el compu de mami, si me deja. Esta vez no se pondría brava ni se asustaría, como cuando busco otras cosas «que no son de niña», dice. Por eso me gustan mis libros porque podemos leerlos en secreto con los del Club. ¿Qué son las sirenas, peces o mamíferos? ¿Cómo se llaman los grupos de ballenas? Esas preguntas le molestarían mucho a El Otro. Diría algo así como: ¿se embobó o qué?, las sirenas no existen. Pero si estuviera aquí le diría: caracoléalas con tu escuchador, ahí vienen. El Otro me diría: Deja de hablar así, pareces estúpida por decir esas palabras inventadas, ¿cómo así que caracoléalas?, será: escúchalas. Y yo le diría: No son inventadas, son espokianas y lindas como pintadas en un cuadro del museo, ¿es que no las ves?

Vienen las sirenas como volando por el aire y entran en el caracol de los escuchadores, girando y girando, como por el tobogán de la piscina, dando vueltas caracolas y ruidosas. Ya cállate. Habla bien. Deja de molestar. No hagas más preguntas. Tú no sabes nada. Deja de contradecirme, mocosa impertinente, yo me quedé embobada por esa palabra tan bonita y le pregunté: ¿qué significa impertinente?, pero me reventó los labios de una cachetada. ¡Cállate de una buena vez! Hoy fue él quien que se quedó callado.

Pecerosos son los pececitos que nacen, viven y mueren en una pecera. Yo los miro y los estudio en mi Club de Investigadores Secretos al que pertenezco, en secreto, claro. Los pecerosos no nos temen, pero los peces de mar, sí. Cuando acerco mi mano a la pecera, ellos vienen corriend... no, no, ¡rapidando!, nadando rápido, a saludar felices. En cambio, si acerco mi mano a los pececitos que veo en el mar se alejan rapidandísimo, muy, muy rápido, casi como un acto de magia: están allí y de pronto no los ves.

Yo quería ser como un pececito de mar, como el pez sapo que vi cuando fuimos a caretear en el arrecife. Si se asusta infla el estómago y se va meciéndose como un globo que se desinfla. No se va rapidando, por eso es tan fácil de atrapar. El pez sapo, tan inocente, tiene un veneno que te mata si lo comes. Yo vi un documental donde mostraban con detalle cómo hacen los cocineros japoneses para sacarle el hígado y otros órganos que son los peligrosos. En vez de pez sapo, soy un peceroso que no puede salir rapidando lejos de El Otro que acerca sus manos si mami no está. Yo me imagino cómo nos ven los pecerosos, como árboles enormes distorsionados a través del vidrio y el agua.

Eso se llama refracción, aprendí en *El tesoro de la Juventud* que leía a escondidas de mi abuelo en su casa y que me regaló mami cuando él se murió. En el tomo 10, en la página 302, hay una foto de un lápiz en un vaso de agua, como partido por la mitad y la parte que está dentro del agua se ve gorda y más acostada, pero yo no me veo partida por la mitad, me veo deforme, como un monstruo gigante de ojos enormes si me miro en el espejo a través de la pecera. Así se veía mi abuelo cuando dejó de abrir y cerrar la boca, como una montaña acostada, estático y gigantesco, con los ojos enormes, muy abiertos, parecían como vistos a través de la pecera, y la boca larga, ranuda. Me recordó las ranitas de los terrarios en el laboratorio de mami: de ojos saltones y boca así.

Aquí no hay agua ni peces ni peceras ni ranas, todo es arena y arbolejos feos despeinándose con los ventiladores. Yo veo al tóntilo que ya no está pajareando en el azulijo arriba de mí, sino parado en la arena, parece un pez sapo con la cola tiesa y el ventilador sobre su cabeza. Veo varias personas de verde que salen del estómago del pez y corren encorvados, como si buscaran conchas en la playa. Se ven chistosos, como si les diera miedo pegarse con el ventilador, pero desde aquí veo que son pequeñitos y el ventilador está más alto. Tienen una mano sobre sus gorras para que el viento no las haga volar y en la otra llevan algo, zarandeándolo. Mami corre también y no quiero que me vea. El aire es arenoso y en esa nube quiero esconderme.

Así de arenoso era el bicarbonato que mi abuelo mantenía en la cocina para sus indigestiones. Yo lo usaba para hacer volcanes con vinagre y me divertía mucho.

Dory, no tanto, porque le tocaba limpiar el reguero, aunque le gustaba ver cómo la espuma crecía y chisporroteaba. Yo le ayudaba, pero ella me decía: quite, quite, no me ayude que me estorba, léame más bien un cuento. Es que ella no sabía leer porque se la dieron a mi abuelo desde que era chiquita, después de que mi abuela murió, para que le ayudara y también para que lo acompañara en su cama cuando hacía mucho frío. Una vez vi las manos de él que se acercában a la Dory ella no se alegraba como un peceroso, ni se alejaba rapidando como un pececito de mar, sino que se encogía, como el Golfito, el perrito que vivía en un lote vacío que hay en mi cuadra. Yo le llevaba comida y se encogía escondiendo la cola entre las patas, sin dejar de mirar mis manos con el plato de comida. El Otro se enteró y fue a darle patadas al Golfito para que se fuera.

Yo aprendí a hacer volcanes con el juego de química que me regaló mami en mi cumpleaños. También creaba cristales con sal de Epsom, que es sulfato de magnesio, dice el manual, y hacía gas de huevo podrido, que echaba en la clase de matemáticas para que nos sacaran al patio. El patio del colegio es más verde que esta especie de desierto enmontañádulo. Me gustaría poder esconderme como el pez león, ese sí sabe camuflarse bien, como decían en un documental de la BBC. Es lindo y cuando se deja ver, parece un adorno de navidad volando con muchos flecos rojos y blancos. Pero no se ve mucho cuando nada, se esconde. Le gusta recovequearse entre las piedras y por eso hay que tener cuidado, porque tiene unas espinas muy fuertes y muy venenosas. Mami me dice siempre que no meta las manos entre los huecos. Las sirenas siguen girando y varios guardiadores armados con matadoras gritan mi nombre, así como lo gritaba esta mañana El Otro, como con rabia o con odio, no sé.

El veneno de las ranitas del terrario es peor. Son lindas, las ranitas, se llaman *Dendrobates* y son de color negro con manchas, algunas azules y otras amarillas. Mami me dice: ¡no las toques! Son mortales. Yo sé cómo cogerlas porque miraba con atención cuando tomaban las muestras del veneno de su piel. También sé cómo cortar las espinas del pez león con sus bolsas de veneno. Lo aprendí en un taller que dieron en la playa para enseñar a los pescadores a cocinarlo, porque es una especie invasora —así dicen—, en nuestro mar. Por eso mejor que lo pesquen y se lo coman.

El bicarbonato no le ayudó a mi abuelo cuando se le detuvo el palpitido. Un día, con mi Club de Investigadores Secretos, abrimos una de las cápsulas que tomaba el abuelo y le sacamos lo de adentro. Les dije a los del Club que el polvillo de relleno se parecía mucho al bicarbonato. Les puse de tarea averiguar qué pasaría si se reemplazaba el polvillo de todas las cápsulas que tomaba el abuelo para el palpitido, con bicarbonato para hacer un volcán en el estómago.

Yo leí en *El tesoro de la juventud* sobre la digestión y hablaban de los ácidos del estómago y el Aparato Digestivo. También vi el Aparato Circulatorio en la página 131 del tomo 6, con las venas y las arterias y el palpitido, y me dediqué a estudiarlo para entender un ataque cardiaco. Para eso y mucho más me sirve el Club Secreto que funciona en mi cabeza.

Mami corre detrás de los guardiadores que vienen con sus gorras verdes y altas con escuditos, y sus matadoras en la mano. Llora y también grita mi nombre, lo sé porque en su boca se dibujan las sílabas, pero no la escucho en medio de las voces feas y las sirenas y los carros y el tóntilo, que sigue disparando ruido, ratatatatá, con sus ventiladores.

Mami llega y me jala para sacarme de mi escondite y abrazarme. Tiembla mucho y no sé por qué llora, no quiero que llore por El Otro, no era bueno, le digo. Mami pregunta mil cosas sin respirar, luego tiene que parar y tomar mucho aire. Yo no entiendo su miedo y le digo: Después de vivir tanto tiempo sin papi, El Otro se metió a fastidiarnos. Tenía que hacer algo. ¿Pero qué hiciste?, casi grita mami sacudiéndome por los hombros. Le hice un postre de chocolate. No te puedo decir qué más le puse porque juré que no lo diría a nadie. Sólo lo saben los del Club de Investigadores Secretos. Y los espokianos.

EL PRIMER BESO

Lo vio recostado allí con tanta placidez que decidió tenderse a su lado, pero al sentirlo tan cerca se atemorizó. Se puso de pie y desde una distancia prudencial lo observó por unos minutos. Algo en él la intimidaba y al mismo tiempo le atraía, haciéndole sentir una gran curiosidad, aunque vagamente creía recordar mandatos y amenazas que no podía precisar. Decidió detallarlo con minuciosidad desde una distancia segura y al ver que su sueño era profundo, se volvió a recostar cerca de él, con cuidado de no despertarlo. Tenía la fuerte tentación de tocarlo y así lo hizo. En cuanto sus dedos sintieron la piel cálida se estremeció. Retiró su mano asustada y se levantó de un salto apartándose de él para esconderse detrás de un árbol. ¿Por qué no se despierta?, pensó, ¿acaso no sintió el temblor?

Al ver que no se movía, se acercó de nuevo con sigilo y se tendió a su lado. Volvió a tocarlo y ya no quiso detenerse. Acarició todo su cuerpo con suavidad, mientras sentía… ¿qué sentía? ¿cómo nombrar esto que siento?, se preguntó. No podía quitar sus ojos de ese rostro relajado, tan armónico, que le atraía más que las otras criaturas que había visto en su recorrido. Esa cara le hablaba, pero ella no entendía del todo lo que decía. Entre más lo miraba, más atracción y temor sentía, como si quisiera hacer suyo ese rostro y todo él, llevarlo consigo a donde fuera, pero al mismo tiempo intuía que no era como las otras criaturas que podía cargar y dejar a su antojo. Éste no parecía fácil.

Con la cabeza pegada a la de él, se estiró hasta tratar de alcanzar sus pies y descubrió que él era más alto. Decidió, entonces, compararse con él: los brazos y piernas más musculosos, cierta angulosidad en sus formas, el pecho llano y velludo.

Las manos le fascinaron, grandes y de dedos largos. Posó las suyas, tan pequeñas, sobre las de él y al entrelazarlas sintió un corrientazo que se extendió de la mano al pecho. Pensó que era el único fin de estas: entrelazarse con las suyas. Pero luego tuvo miedo de que las manos grandes pudieran sujetarla y hacerle daño. Rechazó esos pensamientos y se preguntó de dónde vendría tan extraña sospecha, si la criatura parecía inofensiva, así, inerme con su cara tan plácida. Concluyó que tal vez lo pensaba por el tamaño y la fuerza que se intuía en sus brazos. Pero la atracción que sentía era más fuerte que su temor y siguió explorando.

Le llamó la atención el apéndice que descansaba entre sus piernas, pero no se atrevió a tocarlo, de alguna forma era lo que más le intrigaba y al mismo tiempo la amedrentaba, tal vez por ser tan ajeno a sí misma. ¿Quién es esta criatura que no había visto antes? Bueno, antes… ¿qué había antes? No pudo recordar nada. En su memoria vacía no encontró ninguna imagen que le ayudara a reconocer lo que veía. Pensó que algo le había pasado, algún accidente, un golpe, una caída, pero no tenía ningún recuerdo de su pasado. Era como si este jardín y él, sobre todo *él*, fueran lo único que existiera.

Se dedicó a observar su rostro con detalle y sintió una ternura profunda, como si el calorcito que sintió al rozar su piel llegara muy adentro de su pecho. Enterró su mano entre el cabello corto y abundante y se deleitó de placer ante esta sensación tan nueva; lo peinó y despeinó varias veces, riendo y gozando del momento.

Luego delineó con su dedo la nariz recta, los ojos cerrados con pestañas largas y rizadas, la cara áspera con la barba desordenada. Los labios tan rosados, rellenos y húmedos, le provocaron irresistibles deseos de tocarlos con los suyos y, no sé, chuparlos, morderlos, ¡devorarlos! Acercó con lentitud su boca a la de él y su aliento cálido de olor vegetal la atrapó. Posó sus labios con suavidad en los suyos y sintió una oleada de calor tan potente, que pensó que algo definitivo se había instalado en su vientre. No pudo evitar que su lengua empujara esos labios tan provocativos, pero no llegó a introducirla, pues en ese instante el hombre despertó.

Ella retiró su rostro, asustada. Lo miró a los ojos con temor a que estuviera molesto por la intrusión, pero él abrió la boca y la atrajo hacia sí con delicadeza, apretando los labios contra los de ella y explorando su boca con la lengua. De la garganta de ella brotaron unos gemidos cortos y frecuentes que provocaron en él una reacción apremiante. Las manos comenzaron a explorarla, a recorrer su cuerpo con avidez.

Ella, en medio de una cascada de sensaciones, alcanzó a pensar que estas sí tenían otros usos maravillosos y sintió la necesidad de hacer algo, pero no sabía qué, sólo que su cuerpo ardiente quería moverse con una cadencia inaplazable, cada vez más cerca de él, rozarlo con todo su cuerpo, acariciarse mutuamente con la piel. Tenía la urgencia de ser tocada.

Algo se endureció contra su vientre y supo, sin mirar, lo que era. El deseo de fundirse a ese cuerpo casi la asfixiaba. Apartó un poco la cara para verle los ojos y sintió entonces que la calidez del pecho, junto con la sensación de urgencia y los confusos deseos, se mezclaban en un gran globo que subía de su vientre a su garganta. Sintió cómo los vellos de su nuca se erizaban y millones de burbujitas cosquilleaban en su cara, en su cabeza y, sobre todo, entre sus piernas. La corriente ahora la recorría entera.

Temblando, con una voz delgada que la sorprendió a ella misma, al fin habló: «Te llamaré, Adán».

LECTURAS QUE AYUDAN

No es un sitio que invita a entrar. Es espacioso, demasiado para mi gusto, grande como un galpón frío y feo, pero lleno de libros, películas, discos viejos y CDs. Enormes ventanales como vitrinas dejan ver el interior perpetuamente iluminado con sus gélidas luces fluorescentes, que desnudan de misterio el local. El piso de baldosas nunca está del todo limpio y las paredes, donde se dejan ver, son de un amarillo sucio. Así es Mi Llave Libros Usados: nada acogedor. Sin embargo, es uno de mis lugares favoritos.

Juan viene cada viernes por la tarde. La primera vez que lo vi pensé que era del equipo de limpieza de la librería: inmigrante de algún país del sur, de baja estatura y barriga cervecera. Su cara de mestizo, entre andaluz y azteca, delataba sus orígenes, y su bigote escaso, recortado al estilo *latin lover*, los confirmaba. Cuando sonríe, o sea siempre, muestra dos dientes enmarcados en oro con sendos brillantes en el medio. No se sabe si sonríe para mostrarlos o si se los mandó dorar para realzar su sonrisa permanente. Ya lo tengo pillado y sé que entrará con su pasito corto y rápido, directo a la sección de clásicos. Le gusta la buena literatura. Sé que la lee porque alguna vez, curiosa, le pregunté. Pensaba que venía a recoger un libro para alguien cercano, a lo mejor para su madre enferma en cama o tal vez para tratar de conquistar a alguna lectora o quizá su jefe le pedía hacer el recado como parte de su trabajo. Pero no, el libro siempre es para él. Le gusta leer.

Algunas veces nos hemos sentado a conversar acompañados de un café mientras me relata su historia trágica, pero llena de esperanza como la de cualquier inmigrante. Juan actúa con esa tozudez inocente, llena de recursos, con que los latinos se mueven en este medio hostil. No se dejan quebrar a pesar de todo.

Me cuenta, sin pretensiones, que su turno en el trabajo de construcción puede ser de más de ocho horas y por las noches empaca comidas preparadas en un servicio de banquetes a domicilio. Los fines de semana espera, junto con otros indocumentados en el parqueadero de 7 *Eleven*, a que alguien los contrate para hacer algún trabajo inmediato. Vive en un cuarto arrendado junto a su mujer y dos de sus hijos, los pequeños que nacieron aquí, pues los cuatro mayores, los que nacieron en el sur, se quedaron a vivir con la abuela.

La esposa vive resentida, ya que dejó a sus hijos para venir detrás de Juan con la promesa de los dólares que él enviaba. Cuando llegó, se dio cuenta de que ese dinero no compraba lo mismo aquí y se ganaba con un sudor más amargo que el de allá. Dólares que se inflan en la frontera y alimentan sueños falsos. María se llenó de tristeza y rabia, siendo Juan su causa y objetivo.

—Con tantos jefes y mi mujer, ya se imaginará mi purgatorio—. Sus dientes brillan en su sonrisa de queja, pero no alcanza a esconder, por un segundo, una pequeña sombra que oscurece su mirada. Es que, de sus jefes, no se sabe cuál es el más explotador.

Lo único que fija sus labios en un gesto triste es hablar del trabajo de niñera de su mujer, quien cuida los hijos malcriados de un diplomático de Suramérica. Su jefa, mujer de mediana edad, trajo de su país el clasismo ridículo y su particular manera de ver el servicio doméstico como un trabajo indigno que a duras penas merece remuneración. Además de tener que ver por los niños, la señora le ha ido imponiendo otros oficios y María tiene que hacerse cargo de todas las labores de limpieza, orden y cocina. No hay día que no la humille o la maltrate.

—En fin— suspira profundo para dar por terminada su letanía de pesares.

A pesar del exceso de trabajo, de su amarga vida marital y los usuales desplantes que, como latino indocumentado, recibe a diario, Juan no pierde su buen humor y encuentra tiempo para leer.

Hoy entró al local con paso dubitativo, lo que llamó mi atención al momento. Miró de un lado al otro con un gesto rápido. Sus ojillos oscuros se movían presurosos y, lo más extraño, su sonrisa inexistente hacía que su rostro pareciera ajeno. Buscó la lista de secciones y después de estudiarla se dirigió al fondo, adonde nunca se había aventurado. No pude evitar seguirlo con disimulo. En el último corredor miró por encima del hombro como para comprobar que nadie le seguía y se puso a tocar los lomos de los libros, parpadeando mientras movía sus labios en silencio al leer los títulos. Por su frente fruncida corrían finas gotas de sudor que las luces frías hacían brillar con un halo blancuzco sobre su rostro moreno, hoy pálido. Al fin su gesto se distendió y sus labios quisieron esbozar una sonrisa que no lograron. Fuera lo que fuera que estaba buscando, lo había encontrado. Se alejó del estante hacia el pasillo del fondo, con el libro apretado contra el pecho y mirando en todas direcciones. Se sentó en una butaca medio escondida a hojearlo, mordiéndose las uñas.

Con curiosidad y dando un rodeo, me introduje en la sección sorprendiéndome al notar que contenía manuales de autoayuda. Intrigada, busqué el hueco del libro faltante para ver si conseguía alguna pista que me indicara en qué andaba Juan y el porqué de su comportamiento, pero nada me decían los títulos de los libros que flanqueaban el hueco: *Manual del perfecto artesano* y *Manual del predicador*.

Sin poder hacer más por el momento, volví al sillón cerca de la entrada a continuar la lectura, pero no podía concentrarme pensando en Juan. Al poco tiempo lo vi, caminaba con afán hacia la salida. Su rostro aún serio estaba aún sudoroso, pero distendido, sus manos temblaban ligeramente y sus ojos miraban de lado a lado, buscando una salida sin obstáculos. Cuando pasó a mi lado, sentí un olor de animal atrapado. En cuanto cruzó la puerta, me levanté de prisa y fui a la sección aquella para encontrar una respuesta. El hueco lo ocupaba ahora un libro mal puesto, aún pegajoso de sudor, en cuyo lomo se leía: *Manual del perfecto asesino 3: Cómo deshacerse del cadáver*.

ZOOM IN, ZOOM OUT

La claustrofobia es una de las primeras pruebas que debemos superar para poder llegar hasta aquí. Pasar 24 horas encerrada en un cuarto de dos por dos es duro, pero nada se compara con la experiencia real. Ya llevamos diez días con la vista enfocada a menos de tres metros la mayor parte del tiempo, salvo descansos cortos en los que podemos mirar por la pequeña ventanilla el paisaje espacial que se extiende en todas direcciones. Dos semanas viéndonos las caras, ya mostramos señales de molestias: labios apretados, miradas desviadas y ceños fruncidos. Después de trabajar y compartir todos los espacios con las mismas personas continuamente, mejor hablar solo lo imprescindible, lo demás puede ser la chispa que encienda una discusión absurda. Sólo se escucha el silencio de la cápsula, excepto cuando hablamos con la base y en cuanto terminamos nuestro turno en los comandos, que podemos conectarnos los audífonos y escuchar nuestra música.

Aquí adentro la atmósfera es cerrada y después de tantos días de vuelo se siente un olor rancio, como el de la ropa sucia que espera el día de lavado. Menos mal que, antes de subirnos, un «oledor» experto nos huele todo el equipaje, para que no traigamos nada que sea irritante.

También tenemos el acuerdo tácito de no usar lociones ni desodorantes con olores fuertes —nada de Axe ni Chanel. A veces huele un poco como a fusibles y cables. Me recuerda al olor del taller que mi tío tenía, lleno de televisores desbaratados. El día del despegue la nave olía a carro nuevo. ¡Era tan emocionante! Todo era suave al tacto, novedoso, brillante y prometedor.

En el momento que ingresé a la nave, ya listos para el despegue, me sentí feliz, era la culminación de años de trabajo y anhelo de ser la elegida para un vuelo espacial. Fueron días y días de entrenamiento duro, exámenes físicos y sicológicos y en modo alerta para demostrar que sé tanto o más que los compañeros. Ya se sabe, a los muchachos les queda más fácil; el primer requisito, ser hombre, pensar y actuar como hombre, ya lo tienen resuelto. Desde el día que me anunciaron que iría en una misión espacial no he podido dejar de sonreír. Luego me enteré de que George y Anthony también venían y me alegré mucho, los tres nos llevamos muy bien. Ellos son tranquilos y considerados, no les gusta alardear y sé que lo que muestran es lo que son, sin dobleces. En eso nos parecemos.

El tablero de mando del Soyuz está abarrotado de botones, pomos, palancas y pantallas. Ahora ya sé para qué sirve cada cosa, hemos entrenado tanto que puedo manipularlo con los ojos cerrados. Pero recuerdo que la primera vez que tuve que practicar con el panel me sentí abrumada, tenía un poco de nervios de no llegar al nivel requerido para manejarlo. Al final aprendí rápido. Claro que es diferente al entrenamiento en un simulador, una vez superado el miedo de la primera vez, luego es fácil y lo haces casi con descuido. Pero el día del despegue, cuando ya era de verdad, me sentí nerviosa. Sentí un verdadero gusanillo en el estómago, ya no por temor de no poder manejarlo, sino por miedo a lo desconocido. ¿Cómo será estar en medio de la nada? ¿Y qué tal si nos equivocamos en un solo comando? Es que para volar un módulo de éstos se necesita precisión de relojero y un trabajo en equipo sincronizado a la perfección, sobre todo en tres momentos: al despegue, al acoplarnos a la estación espacial y al reingresar a la atmósfera.

Adentro de la cápsula todo es frío al tacto, metal por todas partes. Es como estar dentro de una lata de atún, como dice Bowie en su famosa canción «Aquí estoy sentado en esta *tin can*». Con George discutimos acerca de esto, él dice que Bowie se refiere a que está sentado encima de una lata como, por ejemplo, un bidón de gasolina. Yo digo que se refiere a la nave, comparándola con un tarro de hojalata. Porque eso es lo que yo siento. Cuando me preguntan cómo es estar sentada en el módulo, yo les digo que es como estar dentro de una lata de sardinas: metálica, pequeña y atestada —de personas y objetos.

Pronto llegaremos a nuestro destino. Después de darle la vuelta a la luna, vamos a acoplarnos a la estación internacional Lunar II, que orbita a su alrededor. Ya la he visto, a la luna, por la ventanilla, pero no he podido tener una visión completa. Tengo programado un *spacewalk*, una caminata espacial, y desde hace una hora tengo puesta mi escafandra, que es un traje presurizado, respirando oxígeno puro. Tengo mucha impaciencia de salir y flotar en el espacio y, sobre todo, ver la luna tan cerca. Debe ser la sensación más impresionante de la vida. Con la escafandra me muevo como en cámara lenta, toda acción pequeña cuesta tres veces más que en la tierra, no solo por el traje, que es grueso e incómodo, sino porque acostumbrarse a hacer todo sin gravedad es difícil. El entrenamiento para la caminata espacial se hace bajo el agua. Estar en el espacio se parece un poco a bucear en las profundidades del mar sólo que es el efecto contrario. En el agua la presión es mayor que en la superficie, en cambio aquí no hay ninguna presión. Pero en ambos casos debemos usar un equipo que limita mucho los movimientos porque estamos en ambientes que son hostiles a nuestra naturaleza terrestre.

Es difícil acostumbrase a manipular cualquier cosa con los gruesos guantes. Las herramientas que utilizamos para hacer reparaciones por fuera de la nave son más grandes que las normales. La visión es limitada, tienes que girar la cabeza para ver lo que en condiciones normales ves en un solo golpe de vista. Incluso esas cosas que captamos por el rabillo del ojo, con el casco no se ven, pues no hay rabillo que valga. Tampoco se escucha nada, sólo la propia respiración. Me ha pasado que después de estar con el casco por un buen rato en silencio, me sobresalto con el sonido de mi propia voz encerrada. Menos mal tenemos un buen sistema de micrófonos y audífonos para comunicarnos, ya que no se puede en la distancia llamar la atención de alguien agitando las manos o algo así, por la visión tan limitada. Si alguien se aproxima por el costado, me sorprende porque no lo veo hasta que me toca el hombro o está justo frente a mí.

Por fin es hora de abrir la escotilla. Doy el paso que me saca por primera vez de la cápsula al vacío espacial. Siento los latidos de mi corazón que golpean en mis oídos. Abro mis ojos más de lo normal, queriendo ver más allá del negro estrellado. Es una extraña sensación: esta de dar el paso sin caminar porque no hay suelo en el que apoyarse, de hecho, no hay nada de que apoyarse, nada que pueda orientarme ¿dónde es arriba?, ¿dónde es abajo? Es como si mi cuerpo se separara de mi mente. Mi cerebro corre a mil por hora tratando de adaptarse y entender una situación tan peculiar. Mientras mi cuerpo se relaja y flota, no hay sensaciones, no hay presión atmosférica que me empuje hacia abajo y tape mis oídos, no hay suelo duro bajo mis pies, no hay nada. No siento el exterior. Todas las sensaciones provienen de mi propio cuerpo que intenta adaptarse, un poco mareada, con el estómago que también flota dentro de mí, que si hubiera comido a lo terrícola estaría vomitando.

Pero entonces la veo. La luna. Qué bella y grande. Está allí, tan solitaria en medio de la nada, con su cara brillante, con sus zonas sombreadas que parecen un reguero de agua. Mi abuela nos decía que era la cara de la Virgen, pero la verdad yo nunca vi ninguna cara. Desde aquí veo sus cráteres y crestas, parecen cicatrices en un cuerpo guerrero. Es el paisaje más hermoso que he visto en mi vida. La vemos todas las noches en el cielo, pero se nos olvida que es un cuerpo celeste, tridimensional, una esfera que flota en medio del espacio vacío. Es sobrecogedor.

En ese momento siento el cable que me ata a la nave enrollado alrededor de mi cuello. No puedo desenrollarlo, entonces abro el gancho que lo conecta a mi traje y así lo desenredo. George viene hacia mí y chocamos. Me agarra del brazo, pero el impulso nos hace girar sin control y perder el contacto. Con el impacto, el cable se soltó de mis manos antes de poder reconectarlo. Entro en pánico y empiezo a hiperventilar. La idea aterradora de flotar sin control y sin amarre en medio del espacio está sucediendo. Cierro los ojos con fuerza y repaso el protocolo de emergencias para dominar mis pensamientos y emociones. Todo esto en segundos. Sabemos que el tiempo es clave para la supervivencia en estos casos. Calmada, abro los ojos y veo a George que viene hacia mí de nuevo, así que preparo mi cuerpo para el choque, lista para agarrar lo primero que pueda. El impacto es violento, pero los dos nos enlazamos en un abrazo feroz. No hay poder humano que me haga soltarlo. Siento un gran vacío después de la explosión de adrenalina, me dan ganas de reír y de llorar al mismo tiempo. Algo como una burbuja crece en mi pecho y respiro con dificultad.

Una vez pasa la conmoción, revisamos mutuamente que todo estuviera en orden, ambos enganchados a nuestros cables y las escafandras sin daños visibles. Nos miramos uno al otro preguntando por intercomunicador: ¿estás bien? Ante la respuesta positiva, sonreímos aliviados, todavía abrazados y girando.

En un giro salimos por encima de la nave y me quedo sin palabras. Algo que es mucho más impresionante que la luna se asoma por detrás de la estación espacial, es el paisaje más impactante: La Tierra. Es tan bella, tan azul, tan nuestra, nada me hubiera preparado para esta visión. No podía quitar mis ojos de ella. No es como la luna, una roca hermosa, pero sin vida. No. Es algo vivo. La Tierra es un ser vivo. Los colores que la hacen tan hermosa no son superficiales ni artificiales. Ese azul no está pintado: es un mar profundo poblado de criaturas. Esas pequeñas manchas verdes, tan escasas en la superficie azul, son en realidad vida: los bosques boreales, la selva del Amazonas, los manglares costeros. De pronto siento una nostalgia insoportable. Más que la sola nostalgia del hogar es la certeza física de que no podría vivir sin ella, porque físicamente es imposible vivir fuera de la tierra. Parece obvio, pero nunca lo había visto tan claro, una verdad que me ha golpeado, como un martillo en la cabeza: *no podemos vivir sin la tierra.*

En medio de la clarividencia George me trae a la realidad inmediata. ¿Estás bien?, me pregunta de nuevo, escrutando mi rostro con preocupación. Sí, muy bien, atino a decir disimulando la emoción. Nos separamos del abrazo salvador y nos disponemos a trabajar en la tarea por la que estamos aquí afuera. Cada uno toma su lugar. Por los siguientes 15 minutos solo decimos y escuchamos las palabras técnicas necesarias para el éxito del mantenimiento, que requiere nuestra atención absoluta. Trabajar en un ambiente que te puede matar al menor error y donde las herramientas que necesitas también te limitan, hace que la economía de los actos sea, sin duda alguna, imprescindible.

De vuelta al interior de la estación busco la soledad en mi tiempo de descanso conectada a mis audífonos. Después de mi experiencia en la caminata espacial todo lo siento de una forma distinta, hasta la música, que me parece ahora algo casi milagroso. La visión de la luna como cuerpo celeste y de la Tierra como planeta vivo me han dejado una profunda sensación de pertenencia y al mismo tiempo un extrañamiento, como si fuera un ser extraterrestre que ve el planeta Tierra y su satélite por primera vez. Saco mi tableta para escribir la bitácora y decido mirar las fotografías que tomamos George y yo, afuera. Hay una donde la Tierra aparece en alta resolución con todos sus maravillosos colores. La observo con atención. Es posible identificar los continentes, pero no hay fronteras, no hay países, no hay diferencias. Y comprendo que no hay dos tierras, una para los ricos y otra para los pobres. Es sólo una. Lo que unos pocos hacen, lo sufrimos todos. No hay veinte tierras: una para cada color de piel, para cada cultura, etnia, país y pueblo. Vista desde aquí ¡es tan pequeña! Y en millones de kilómetros alrededor no hay ningún planeta parecido. Estamos todos juntos en esto. Es la única Tierra.

De pronto, no sé por qué, recuerdo el accidente de mi tío Osvaldo en la finca. Se necesitaba sangre O+ para hacerle una transfusión, pero toda la familia estaba en la ciudad y allá en el hospital del pueblo no había suficientes reservas. Por fortuna, un enfermero se ofreció a donar la suya. Me acuerdo del alivio de mi abuelo y de toda la familia, excepto mi abuela, que se escandalizó porque le iban a poner a Osvaldito sangre de un «enfermero negro», como dijo ella. Mi abuela tenía su manera de levantar la nariz frente a los que tuvieran la piel un grado más oscuro que la suya, que no era alabastro, ni mucho menos. Y mi abuelo con su vozarrón de general en guerra le gritó: «cállate mujer, es la vida de Osvaldo la que está en juego». Y mi abuela, ofendida, torció la boca. Y la siguió torciendo incluso cuando Osvaldo se recuperó por completo y volvió a ser el mismo.

Entonces entendí por qué ese recuerdo me visita en este instante. Es como ver esas fotos digitales que se pueden agrandar cada vez más y se ve una persona y mucho más pequeño, un insecto, una célula, un átomo, una partícula. Y luego se puede alejar la imagen y se ve un edificio, una ciudad, un continente, el planeta, la galaxia, el universo… La realidad está formada por tantos niveles y sólo en uno de ellos, somos diferentes. La piel es un accidente sin consecuencias. En todos los demás niveles somos un conjunto de partículas o somos apenas las pequeñas partículas dentro de la infinitud del universo.

Viendo la última foto de la caminata espacial sonrío pensando en el momento en el que fue tomada: George vino hacia mí después del mantenimiento y volvió a chocarme, esta vez sin tanto impulso. Agarrado a mi brazo se quedó conmigo contemplando el paisaje. Sacó su cámara y tomó una foto de los dos con la tierra al fondo. Luego escuché su voz metálica pero inconfundible que decía dentro de mi casco: «He aquí una foto de toda la humanidad», y Anthony, desde el puesto de control protestó en mis audífonos «*Hey ¿y yo qué?*».

Editado y modificado ligeramente del original publicado en
Las Historias, *antología virtual de cuento y archivo de Alberto Chimal (14-5-2019)*
http://www.lashistorias.com.mx

CAMBIO DE MANDO

¡Hola! ¿Estás despierto? Ya sé que no quieres que te visite, pero hace tanto que no charlamos que decidí pasar a verte. ¿Cómo estás? No, tranquilo, no tienes que responder. Sé que es difícil en tu condición. Descansa, yo me siento aquí en el borde de la cama.

Sí, es cierto, debí venir antes. Tienes razón, en realidad vine para verte, pero también porque tenemos que hablar, es importante. Sí, tiene que ser ahora mismo.

¿Puedo tomar tu mano? Hace tanto que no lo hago… Desde que eras pequeño y tus manos casi se perdían en las mías.

¿Recuerdas el día que te encontré jugando con barro? Tus manos embadurnadas, las uñas llenas de tierra y hasta tu carita manchada, pero feliz. Habías hecho una figura de barro y te prendaste de ella. Si yo hubiera sabido lo que vendría después, cuando decidiste darle vida, no te hubiera dejado conservarla.

¿Es una lágrima lo que veo temblar en tus ojos? Ay, hijo, no puedo entender tu dolor. Recuerdo el día que me dijiste que te pesaba haberle insuflado vida a tu figurita, porque te hacía demandas y era un ser débil y arrogante.

Yo me quedé pensando en ello, porque era la primera vez que un dios cometía un error. Ahora sé que debí haber actuado de inmediato. Pero aún no es tarde para hacerlo. ¿Por qué ese apego a una criatura en particular? Creaste de la nada un mundo hermoso, hiciste muchos otros animales, ¿por qué tu predilección por esa figura quebradiza? Nunca lo entendí. Te dije que la destruyeras y la volvieras a hacer como debe ser, pero no me hiciste caso. En cambio, le hiciste creer que era el centro del universo. Tendremos que remediarlo.

¿Qué quieres? ¿Te paso un vaso de agua? ¿No? ¿Quieres decirme algo? Así que te sentías solo y necesitabas sentirte amado. Vaya, hijo, no entiendo tu dependencia de unas criaturas inferiores. ¿Por qué no buscaste la compañía de los dioses? Debí sospechar que algo pasaba cuando te vi solitario y aislado. Pensé que eran cosas de la juventud, que ya se te pasaría… Pero no, tu soledad fue el origen de toda esta historia sin sentido.

Arrojarlos del paraíso no fue lo mejor. Nunca estuve de acuerdo contigo en que dejaras esos seres inacabados a su suerte, pues los creaste para ser tus consentidos y luego les negaste lo que ellos creían que era su derecho. Los enviaste a vivir en un mundo hostil con esas ansias de recuperar su paraíso perdido que no pueden llenar con nada. Así los condenaste a ser malvados.

¿Te acuerdas del día que te acompañé en tu ronda? Recuerdo que nos sentamos en la cima de una montaña a ver el amanecer y vimos el único sol de tu planeta alzarse al borde de una selva espesa. El cielo oscuro comenzó a clarear, disolviendo la visión de las estrellas lejanas. Poco a poco se fue coloreando de una gama de azules preciosos, desde el claro y luminoso alrededor del sol hasta el profundo e intenso del lado opuesto. Las nubes dispersas se tiñeron de rosa de manera gradual. Las formas alrededor se delinearon y a nuestros pies un valle nublado despertó con lentitud. La neblina, al despejarse, dejaba traslucir los infinitos verdes. El cielo se incendió con jirones naranja como lenguas de fuego, y las criaturas de la tierra entonaron un concierto imposible de sonidos. Recuerdo ver volar bajo nosotros una bandada de aves de colores rojos, azules, amarillos. ¿Qué dices? ¿Guacamayas?, sí, era algo hermoso. No te niego que eres un artista capaz de crear una belleza extraordinaria.

Pero te dio por inundar la tierra y destruir lo que habías creado, solo porque no estabas contento con una de las criaturas que tú mismo habías creado. Y luego te arrepentiste del diluvio prometiendo que nunca jamás… Los creas, los destruyes, te retractas… ¿Sabes algo, hijo? ¡Los dioses no se arrepienten! ¿Sabes por qué somos dioses? Porque nada está por encima de nosotros: somos perfectos.

Cuando miras a tus criaturas, ¿qué piensas? ¿No te causa desazón la barbarie? Me han contado que la ambición sin límites de unos cuantos ha despojado de sentido a la vida de todo el planeta. Tu mundo está agonizando y la mayoría de las criaturas hermosas van a desaparecer. Algunas de tus figuritas se han rebelado contra ti y buscan la manera de arreglarlo sin nosotros. Hasta mejor, ¿sabes?

Pero ¿vas a dejar que unos pocos muñecos de barro lo destruyan? Hay que actuar ahora, como el dios que eres. Hijo, los dioses somos compasivos, no generamos sufrimiento sin una causa justa, no lo toleramos en nuestros mundos. Prefiero pensar que te falta carácter y no que disfrutas al ver esa destrucción. Me niego a ver en ti a un dios perverso.

Es que… no sé, hijo. Cuando me enteré de esa historia de que estabas enojado con tus criaturas por ser imperfectas —como si no las hubieras creado tú mismo— y que por eso estaban condenadas al fuego eterno, sea lo que sea que eso signifique, no lo podía creer. También me contaron que para perdonarles habías enviado a «tu hijo» para que lo mataran. ¡Por mi vida! ¿De cuál hijo hablas? ¡Tú no tienes ningún hijo! ¿De dónde sacas esas ideas? Mejor te hubieras dedicado a escribir cuentos para entretener a los dioses. ¿Cómo haces para que los humanos crean en esos disparates y aun así te sigan queriendo? ¡Es de locos!

Perdona, no quise decir eso. No, no sé qué es lo que tienes; algunos dicen que vas a terminar internado para siempre, otros que tu condición es pasajera y que vas a recuperarte. En todo caso, te vigilan de cerca para evitar que vuelvas a crear mundos tristes.

Ahora estás ofendido… Sé que te duele lo que digo, pero algún día lo comprenderás. Hay que hacer algo, ahora, antes de que sea demasiado tarde para ellos y la Tierra. Todas las criaturas, incluyendo muchas de las figuritas de barro, están desesperadas por un cambio, y luchan contra los ambiciosos que los destruyen. ¿No harás nada?

Ya veo…

Bueno, lo intenté.

Con mucho dolor tengo que decirte que la asamblea de los dioses ha escuchado a estas criaturas abandonadas y ha determinado que ya no puedes ejercer como el dios de la Tierra. Hemos esperado lo suficiente, hijo. Si no quieres arreglarlo, no podemos dejar que sigas haciendo daño.

Así que, a partir de ahora, yo tomaré las riendas de ese mundo. ¿Que no crees que acepten a una diosa? Yo, en cambio, opino que sí, que ya están preparados.

REPORTE MÉDICO

El señor Derréinch y la señora Bersek fueron los primeros pacientes que llegaron con una urticaria aguda no tipificada en ninguno de los libros de medicina. No se encontraron las causas de la rara condición ni se consiguió un diagnóstico satisfactorio, aun consultando especialistas en diversas disciplinas. En otras palabras, presentaban un sarpullido rarísimo que no habíamos visto nunca.

El número de pacientes con el mismo síndrome creció de manera exponencial en un corto período de tiempo, a pesar de los múltiples tratamientos que se propusieron. Se hicieron los exámenes pertinentes e incluso aquellos que pensábamos que ofrecerían un indicio, por pequeño que fuera, de las causas del síndrome; pero después de jornadas exhaustivas para los pacientes (y para los doctores, ¡por Hipócrates!), el número de afectados crecía y aún no entendíamos el síndrome. Los pacientes se tornaron cada vez más irritables ante el prurito constante, o sea, estaban desesperados con una picazón de los mil demonios.

A las pocas semanas empezaron a llegar con otros síntomas, como los tics nerviosos: un párpado que se cierra y abre de manera repetitiva, un movimiento 'robotizado' de la cabeza que daba la impresión de moverse al compás de un ritmo marcial, audible solo para ellos; brazos y manos que actúan por su cuenta, con gesticulaciones grotescas, como si discutieran con vehemencia o fueran políticos dando un discurso en plena campaña electoral. Al mismo tiempo mostraban cierta confusión mental junto a una verborrea agresiva, en otras palabras, repetían una y otra vez las mismas consignas sin sentido, insultando y denigrando a quien se encontraran a su paso. Era preocupante pero también cómico ver a todas estas personas, por lo demás, *muy* de buena familia, con gran apego a la etiqueta, que actuaban como animadas por un mecanismo automático que las obligaba a hacer y decir las mismas cosas absurdas.

Al principio llegaban al consultorio pacientes mayores de 50 años con estos síntomas, como nuestra primera paciente, la señora Frenzy Bersek, de 52, y poco después su esposo, el señor Yéquil Derreinch, de 55. Ahora se ha extendido mucho entre adultos jóvenes, pero prevalece en las personas con cierto anquilosamiento neuronal como algunos ancianos y entre quienes se han perdido en los agujeros negros de las redes sociales y las cámaras de resonancia mediática (*echo chambers*). Estos últimos sufren de una ignorancia invencible, ya que no saben que no saben o no pueden saber y aun pudiendo, no quieren saber. Afecta por igual a hombres y mujeres, aunque se manifiesta con una sutil diferencia, como se pudo observar en nuestros primeros pacientes.

El señor Yéquil Derreinch llegó a la consulta con el rostro de un intenso color púrpura y una hinchazón híper normal de las venas del cuello y de los globos oculares. Para que me entiendan, tenía los ojos inyectados en sangre, como un animal rabioso. Además, presentaba la tendencia a levantar la voz, que se volvía más gruesa y amenazante, con cualquier contrariedad. Reacciones similares se han observado entre la población de hombres enfermos. En Frenzy Bersek, estos síntomas eran menos notables, pero su rostro enrojecía de manera significativa y sus cuerdas vocales afectadas causaban que su voz subiera de tono a decibeles intolerables, o sea, gritaba como si protagonizara una película de terror. Los mismos síntomas se observaron en las demás mujeres.

El señor Yéquil respondía con una violencia inusitada, tal como se ha visto entre la población masculina afectada, pero este síntoma tampoco es exclusivo de ellos. Se ha visto a muchas mujeres que atacan con objetos a otras personas, como fue el caso de la señora Frenzy, quien golpeó a varios peatones con su cartera llena de llaves y herramientas o con las bolsas de la compra repletas de papas, yucas y plátanos verdes.

En estudios clínicos se encontró que todos los síntomas tenían en común la disminución del movimiento del músculo cardíaco, que lleva a la pérdida de sensibilidad en el corazón, por esta razón se le llamó Síndrome de Sensibilidad Psicopatológica Cardíaca o H.P.S.S por sus siglas en inglés (*Heart Psychopathological Sensitivity Syndrome*), conocido como el HP. En otras palabras, todas las personas afectadas tenían problemas psicológicos y el corazón insensible, o para decirlo de manera sencilla, estaban locos, eran imbéciles y ruines. La patogénesis, o el origen de este padecimiento, está oscurecido, pero se cree que es una *dormant condition*, una condición latente por muchas décadas que se ha activado por causas socio patológicas. Mejor dicho, la estupidez ha estado dormida por años y de repente se ha despertado en muchos idiotas.

Al parecer, ciertas condiciones sociales hacen a las personas más susceptibles de presentar el síndrome, ya que no se ha encontrado ningún patógeno causante. No es un virus ni una bacteria ni ningún parásito el que lo provoca.

Las molestias son el resultado de una reacción autoinmune ante algunas *ideas y palabras*, que desencadenan toda la serie de efectos físicos. Aun así, la muchedumbre rábida exige exterminar a quienes, con sus ideas y conversaciones o su mera existencia, les causan esta reacción, pero no siguen ninguna de las indicaciones de los profesionales de la salud para mejorar su sistema psicoinmunológico, como la interacción con personas de diversas culturas y maneras de pensar, la lectura de buenos libros o la consulta con verdaderos expertos en los temas que les activan el síndrome. Se conforman con buscar las respuestas en Internet, en páginas arbitrarias sin sustento real y dicen que hacen su propia investigación (*I've made my own research*), de manera que ingresan a las peligrosas *echo chambers*. Como la señora Bersek, quien llegó al punto de no poder entender palabras cotidianas que no estuvieran en el léxico de su grupo de resonancia, como alegría, compartir, solidaridad, raciocinio, ciencia, etc.

Después de un tiempo, si los pacientes no siguen las indicaciones para disminuir la alergia, los síntomas evolucionan a nivel cutáneo y cefálico, ya que la piel se torna más sensible y se observa una hinchazón craneal severa, por lo que entre los más jóvenes se ha extendido la costumbre de llamar a sus familiares 'cabezones'. Si los enfermos persisten en su intransigencia, la inflamación se extiende por todo el cuerpo y dificulta las actividades cotidianas de forma significativa. Se convierten en verdaderas cargas para sus allegados. Las reuniones familiares, las fiestas y las idas a la playa se vuelven insufribles tanto para los pacientes como para sus allegados, ya que el conflicto impuesto por su reacción autoinmune es permanente. Después de varios días, la condición se vuelve crónica, los cuerpos inflamados se deforman y las personas pierden todo asomo de humanidad, como la racionalidad y la capacidad de identificarse ellos mismos con otros humanos. Esta es la expresión máxima del HP.

Entonces los cuerpos hinchados se elevan del suelo y pierden el contacto con la realidad. Los primeros que tuvieron este rarísimo efecto tomaron por sorpresa a sus familiares. Por ejemplo, la señora Frenzy Bersek, quien súbitamente se levantó del suelo en medio de un ataque de HP que presentaba una fuerte gesticulación de sus apéndices superiores, verborrea agresiva e incontrolada y coloración facial. En otras palabras, manoteaba y hablaba sandeces, gritaba insultos a lo loco al tiempo que su cara enrojecía como un tomate. Flotaba ante el pasmo de sus allegados, que no atinaron a reaccionar a tiempo.

La señora Bersek siguió elevándose hasta que se perdió de vista. Se hubiera perdido para siempre, si no fuera por la falta de oxígeno que la llevó a reaccionar: se asfixiaba y supo que iba a morir. Su vida se proyectó en docenas de imágenes desordenadas, entonces en su semi inconsciencia pensó en su familia. Recordó detalles de su infancia y adolescencia, los proyectos, la curiosidad, su esposo, sus hijos y los amigos tan diferentes. Volvió a tener deseos de abrazar, de aprender y de hacer todo lo que se había propuesto cuando joven. Sintió su humanidad de nuevo. Esa sensación cálida le ayudó a entender su síndrome, devolviéndole su figura normal y haciéndola bajar al suelo. Por desgracia, su esposo, el señor Yéquil Derreinch, como muchas otras personas, no reaccionó en esos últimos momentos y su familia nunca más volvió a saber de él.

Ahora se ha normalizado mantener a los HPs amarrados de una pierna para evitar la pérdida total de contacto con la tierra. Nos hemos acostumbrado a ver familias enteras con algunos de sus miembros atados a sus muñecas, como globos en días de fiesta. Las personas volátiles siguen allá en las nubes, gesticulando, repitiendo sus consignas enfermas y rascándose la comezón, sin poder conectarse con el mundo real.

ESTACIONES

Amanda va en un taxi por la avenida El Dorado. Se muerde las uñas mirando por la ventanilla sin fijar la vista en nada, mientras la señalización que promete un aeropuerto cercano pasa veloz frente a sus ojos, cada vez con más frecuencia. No muestra fastidio por el inmenso ruido que inunda el ambiente: la música a todo volumen, gritos de vendedores ambulantes y, por doquier, carros que pitan a destiempo. Abre por enésima vez la cartera de cuero que trae consigo y saca el tiquete de un solo trayecto: Bogotá – Washington. Sin regreso. Revisa su pasaporte y toca el fajo de dólares que abulta su billetera. Mira de nuevo por la ventana, esta vez hacia las montañas. Sus ojos se quedan quietos en una mirada larga, se humedecen y sus párpados tiemblan de manera casi imperceptible, entonces los cierra. De sus labios brota un suspiro profundo.

Abre los ojos y mira por la ventana del auto la planicie que se extiende en los cuatro vientos. El silencio es abrumador. Amanda busca sin éxito una barrera visual, como una montaña que le indique el oriente, pero no la ve, la avenida está bordeada por árboles verdes. A pesar del calor exterior, se pone su saco, hace frío dentro del auto. Lee en voz alta las señales de la calle *Stop*, *Exit*, *66 West*, *Fairfax*, *28 South*, todas con la misma entonación, como si carecieran de significado. De su maletín de mano saca un cuaderno azul con su cubierta impecable, sus hojas blancas sin dobleces ni arrugas. Lo abre en la primera página y lee la lista de documentos. Título de Arquitecta, especialización, recomendaciones de trabajo, constancias de asistencia a talleres, seminarios y congresos. Todo en orden. Por primera vez, desde el inicio del viaje, sonríe.

La sonrisa de Amanda se congela cuando el director de la oficina mira la primera página del grueso paquete de documentos que ella le ha entregado y que reposa sobre el escritorio. Sus ojos se mueven rápidos de un lado a otro y de arriba abajo, sin detenerse en ninguna palabra en particular. Nunca pasa la página, a pesar de que ella le insiste en sus títulos, referencias y logros. La mira, serio, por encima de sus lentes, con la boca un poco torcida y le dice que lo siente mucho pero no necesita arquitectos. Pregunta si no ha cursado estudios «*here, in America*». Ante la negativa de Amanda, cierra la carpeta con un lo siento, «*have a good day*», dando por concluida la entrevista. Amanda se levanta y sale del edificio sin hablar. En la calle camina por el lado de la acera que tiene algo de sombra, el calor es pegajoso y el aire quieto. Se sienta en el paradero del bus y abre su cuaderno en la segunda página, donde tiene una lista larga con los dos primeros renglones tachados. Tacha con fuerza el tercer nombre, Construcciones del Condado.

Amanda abre su cuaderno y tacha el vigésimo nombre, sólo quedan tres sin tachar. La página se ha rasgado en la esquina y algunos de los nombres tachados están de hecho perforados por la presión del bolígrafo. La brisa fría le provoca un ligero temblor, se cierra la chaqueta cruzando los brazos sobre el pecho. Mientras espera el bus junto a otras mujeres que hablan su idioma, cargadas de baldes, traperos y bolsas, abre sus ojos con una mirada asombrada, los párpados levantados y las pupilas dilatadas. La carpeta y el cuaderno se le resbalan del regazo sin que haga nada por evitarlo, sólo se ve placidez en su rostro mientras mira los rojos, cafés y ocres de los árboles otoñales.

Los árboles desnudos aguantan el azote de la lluvia. La acera es una trampa de agua congelada, difícil de sortear sin resbalar. Amanda camina abrazándose para conservar el calor que la chaqueta ligera deja escapar. Levanta las manos, libres de carpetas y cuadernos, para mantener el equilibrio cuando sus zapatos de tela patinan en el hielo. Los pocos transeúntes que caminan con ella huyen de la lluvia envueltos en sus gruesos abrigos de invierno, triturando el hielo con sus botas pesadas. Amanda mira los pies de los demás, mira los suyos, mojados, entrecierra los ojos y aprieta los labios.

Por fin llega a su destino: Construcciones del Condado. Suspira aliviada mientras se quita la chaqueta en el vestíbulo, saluda a la secretaria sentada tras el mostrador, quien sólo levanta un poco la cabeza y responde algo como un gruñido, sin llegar a mirarla. Abre una puerta estrecha, toma la aspiradora y un delantal. De su morral saca un cuaderno que se adivina azul, ajado y sucio, lo abre por la mitad y agrega una palabra a la corta lista de víveres: arroz, lentejas, cebollas, bananos. Afuera ya no llueve. Ha comenzado a nevar. Mientras hace la limpieza en la sala de juntas, Amanda se detiene a mirar por el ventanal. Se queda inmóvil, con los ojos muy abiertos al ver los copos silenciosos que caen despacio. Su boca entreabierta se curva y sus labios trazan una sonrisa, mientras su estómago se queja con ruidos de tubería vacía. «¡Las fotos que le mandaré a mamá!», dice en voz alta.

LA VIDA QUE VENDRÁ

Con el cepillo de dientes en la boca y el celular en la mano abrí la aplicación de mapas. Vi que tenía el tiempo justo para llegar, desde mi apartamento en Fairfax, a la oficina en Washington. Tenía una reunión inaplazable con los contratistas de Exxon. En ese momento el teléfono vibró y vi un nuevo mensaje del grupo de las compañeras del colegio. Era un video.

Había en esos días en mi país natal, un ambiente turbulento por las protestas callejeras que brotaban, ardientes, sobre todo en las ciudades grandes. Mi familia y amistades estaban divididas entre quienes con fervor apoyaban las manifestaciones y quienes condenaban a los manifestantes con ahínco, calificándolos de vándalos. Yo estaba harta del asunto y pasaba por alto muchos de los mensajes, pero éste, por alguna razón, me tentó a abrirlo.

Con los primeros acordes de la música mi memoria se activó de inmediato. Me acordé de cuando papá y mamá cantaban felices mientras arreglaban la cocina después de comer, en la enorme casa de La Soledad en Bogotá. Cerré los ojos. Deseé con toda mi alma estar allí con ellos, sentirme protegida y amada, junto con mi hermano pequeño tan inocente y feliz. Sentí el frío del espacio grande de la sala-comedor en la vieja casona, el olor a carne asada que aún flotaba en el aire y escuché el piso de madera quejarse por las correrías de mi hermano, con la felicidad cantada de mamá y papá de fondo. Me sumergí en esa paz de entonces. Abrí los ojos. Me costó acostumbrarme a la oscuridad de la casa. Busqué debajo de la mesa, detrás de las puertas y entre las pesadas cortinas de la sala, pero mi hermano no estaba en ninguna parte. Mi padre y mi madre cantaban con mucha alegría «…y tú vendrás marchando junto a mí…» y sentí unos deseos terribles de volver a verlos.

Corrí a la cocina, allí estaban, tan jóvenes y felices. Me abracé a las piernas de mi papá quien se rio de verme pegada a él con tanta desesperación. Con suavidad alzó mi cara tomando mi mentón y con ternura me interrogó: «¿qué te pasa chiquita?». Lo miré a los ojos y no supe qué decir, así que le sonreí y de puntillas estiré mi boca. Él se agachó para darme un beso en la frente. Luego me acerqué a mi mamá e hice lo mismo. Ella también me besó, con la naturalidad de quien cumple un ritual cotidiano. Volví a la sala, allí estaba mi hermano quien corría alrededor de la mesa.

—Te toca contar otra vez porque no me buscaste —me dijo resentido. Me sentí feliz y corrí detrás.

Al terminar la canción abrí los ojos, el celular me miraba desde mi mano abierta. ¡Vaya!, la música me transportó a la casa de mi infancia, como si en realidad hubiera estado allí. No había escuchado a Inti-Illimani desde que pasó lo que pasó. Sentí mucha nostalgia de mis padres, de mi hermano, de nuestra pequeña y tranquila vida familiar. Pero dejé el sentimentalismo a un lado y salí con afán, ya iba tarde y el trancón en la 66 suele ser espantoso. Podría tomarme una hora o más llegar a la oficina. El día transcurrió como de costumbre, lleno de trabajo, reuniones y charlas insulsas con el pretexto del pocillo de café. Casi al final de la tarde me dijeron que había una reunión con los inversionistas colombianos. Sentí cansancio de solo pensarlo. Aun así, me preparé y llegué a la sala de juntas tratando de mostrar entusiasmo. Necesitábamos el dinero y los permisos para abrir un nuevo pozo petrolero con *fracking* en mi país y yo era la persona clave en el enlace.

Mientras esa noche cenaba un plato frío, decidí ver el video otra vez, quería escuchar la canción de mis padres. Al sonar de nuevo me ericé de la emoción y recordé las reuniones en nuestra sala con los copartidarios de País Unido, donde se hablaba con pasión de política y se arreglaba el país. Me gustaban los amigos de mis padres, quienes nos hablaban, a mi hermano y a mí, como si fuéramos mayores. Además, nos traían regalos, casi siempre libros de dibujos bonitos, algunos de ellos en inglés o en alemán y hasta en ruso o chino, cosa que me hacía mucha gracia. Cerré los ojos con el deseo de revivir cada pequeño detalle de este día feliz, pero agridulce en la memoria. Cuando los abrí, Eliécer me dijo: «no, no, no, sin trampa, señorita, todavía no puedes abrir los ojos, que lo estoy empacando». Los volví a cerrar con una risita cómplice porque sabía lo que me iba a dar.

El tiempo se detuvo en ese instante. Escuché la canción que sonaba en el equipo estéreo de la sala «…a conquistar nuestra felicidad…», y oler el eterno café de aguapanela que preparaba Nilsa varias veces al día para atender el constante flujo de comensales. Oía las voces de los amigos y, por encima de todos, la tierna voz de mi padre y la risa cantarina de mi madre. Abrí los ojos sin poder esperar más ni importarme las protestas de Eliécer, quien se quedó sorprendido porque yo, por el afán de verlos y la urgencia de decirle algo a mi padre, le arrebaté el libro rasgando la cubierta. Allí estaban, anfitriones alegres que ofrecían galletas Saltinas con atún y mayonesa, cosa que no había comido desde entonces. Celebraban con una copa de vino la elección de mi padre como concejal de Bogotá. Sabía que era la última vez que lo veía y quería correr a decirle que no fuera a trabajar, que renunciara, que no nos dejara, pero no pude acercarme lo suficiente. Lo rodeaban todos cantando a gritos esta canción que había sido como un himno de amor entre ellos.

Estaban felices. Ahora celebraban el triunfo, seguros de que era el comienzo de una nueva era. La canción terminó y tardé en abrir los ojos. El silencio y la ausencia de olores me decían que estaba de vuelta en mi apartamento. Sentí mucha tristeza.

Me puse de inmediato a buscar la caja donde tenía los pocos recuerdos de mi infancia que aún conservaba, necesitaba ver el libro. Era una edición ilustrada de *Alicia en el país de las maravillas* que me había fascinado cuando niña. El recuerdo del día que me lo regaló Eliécer me había acompañado toda la vida. Es uno de esos momentos que se quedan en la memoria como algo especial e iluminado, tal vez porque fue el último día que estuvimos con mi papá. Recordaba que durante la fiesta me había ido a la cocina, pues me gustaba estar allí en medio de los olores y el calorcito de la estufa, en la callada compañía de Nilsa, quien trabajaba en la casa desde que yo era una bebé y era como una segunda madre para mí. Me había sentado a hojear el libro despacito, con mucho cuidado para no dañar las bellas ilustraciones.

No pude volver a mirar el libro después de lo que pasó. Me hacía recordar ese día, que de feliz se había tornado en triste, por el asesinato de mi padre a la mañana siguiente en su oficina de concejal. No me acordaba de que se hubiera rasgado, al contrario, recuerdo con precisión el cuidado especial con que lo leí. Sin embargo, allí estaba: la cubierta rota. No entendía lo que había pasado. ¿Cómo podía estar rota? Me estoy volviendo loca, pensé. No es posible que en la memoria vea claramente el libro intacto, si aquí está, roto, como si en realidad hubiera pasado lo que imaginé o... ¿será que no lo imaginé?

Seguí esculcando en la caja donde encontré varias fotos de nuestra infancia: los cuatro en la casa, algún fin de semana en Melgar, las increíbles vacaciones en Cartagena el año que mi madre consiguió un buen trabajo, la foto del grupo de amigos el día de la celebración por la elección de mi padre. Me puse a detallarla. Ahí estaba Eliécer, asesinado unos meses después que mi padre, cuando comenzó su labor en el Congreso. Reconocí a varios de ellos que murieron en la masacre de San Severino. Me di cuenta de que casi todas las personas de la foto habían sido asesinadas y el resto había huido del país. Me impresionó percatarme de que el partido había desaparecido porque no quedaba nadie vivo adentro. Luego vi una foto de mi mamá con mi hermano y yo. Estábamos parados en la plaza de Bolívar junto a la estatua del libertador. Los tres sonreíamos, pero se notaba tristeza en nuestras miradas. Mi mamá tenía en la mano varios volantes y tanto mi hermano como yo llevábamos puestas camisetas con la foto de mi padre y la leyenda: «Justicia para Luis Jaime Pizarro Ossa».

Me desperté a medianoche sin saber por qué. Me quedé quieta en la cama aguzando el oído, pero no escuché nada que explicara mi brusco despertar. Sin darme tiempo a nada, me inundaron las imágenes del día anterior reviviendo mi infancia. Las memorias tan vívidas me habían alterado de manera profunda. Había olvidado pequeños detalles de nuestra vida juntos y verlos otra vez me producía una aguda melancolía. Sentí otra vez la tristeza de esos días tras el asesinato de mi papá y, meses después, el de mi mamá. Luego, la vida insípida con los abuelos, el posterior alejamiento de mi hermano y la soledad que me embargó al mudarme a los Estados Unidos.

Quise viajar, de verdad, en el tiempo y hacer algo para cambiar el pasado. Sobre todo, sentía la muerte de mi madre con mayor fuerza. No tenía que haber muerto, pensé. Ella sólo quería que se hiciera justicia y condenaran a los asesinos de mi padre. Deseé, con toda mi alma, que mi mamá no hubiera denunciado su asesinato con tanto ahínco y que todavía estuviera viva. Me quedé en el insomnio imaginando un pasado ficticio en el que los cuatro nos íbamos del país. Con estas imágenes felices al final me venció el cansancio y me dormí.

El despertador me trajo a un cuerpo cansado. No había dormido bien. Me sentí enferma, sin deseos de levantarme, así que decidí esperar unos minutos a ver si al despertarme por completo se me pasaba el malestar. Pero allí estaba mi vida como una película, corriendo otra vez. La tristeza era tan grande que se me dificultaba respirar, igual que sentía de niña cada vez que recordaba a mi mamá y a mi papá. Supe que no sería capaz de ir a trabajar, llamé para decir que estaba enferma y me levanté a preparar algo de comer.

Mientras se asaba la arepa y hervía el agua para el café me senté a escuchar la canción de mis padres una vez más. Subí el volumen y canté a los gritos «… Será mejor la vida que vendrá …», con la misma mezcla de dolor y esperanza que me inundaba al escucharla en el pasado. Recordé el funeral de mi padre, donde Eliécer habló tan bonito de mi papá, de su amor, de su ternura. Cerré los ojos con la urgencia de volver a ver a mi madre y despedirme de mi padre.

Sentí el corazón oprimido, como si el peso del dolor lo estrujara contra mi garganta, mientras lloraba desconsolada con hipidos de niña. Abrí los ojos y vi un muro de personas de negro alrededor del ataúd. Mi mamá me apretaba la mano. Vi que lloraba. De la otra mano tenía a mi hermano pequeño que miraba lo que sucedía con ojos asustados. Eliécer ya no hablaba, sólo se escuchaba la canción que todos cantaban llorando. Alguno grito: «No nos quitarán la esperanza otra vez» Y algún otro respondió: «Seguiremos en la lucha». Y pronto hubo un coro de gritos: «No podrán matarnos a todos».

La canción siguió, «Sus manos van llevando la justicia y la razón, mujer, con fuego y con valor». Sentí que mi mamá aflojaba sus dedos y vi que ya no lloraba. Miraba al frente sin parpadear. Me sentí desesperada, ¡tenía que decírselo! «Ellos siempre ganan», pensé, «nos dejarás huérfanos». Pero ¿cómo decírselo? Yo era apenas una niña. Le apreté la mano y le dije: «Mamá, no me dejes». Ella me miró con cara de interrogación, las cejas levantadas y los ojos llorosos muy abiertos. Volví a hablar: «No nos dejes, ¡no lo hagas!». Me miró con intensidad, arrugando el entrecejo y ladeando un poco la cabeza, mientras yo la miraba, tratando de poner cara de mayor con mucha convicción. «Ya se llevaron a mi padre, que no te lleven a ti también» dije con fuerza y me miró sorprendida por aquellas palabras que no parecían las de la niña que yo era. Después de unos segundos pareció comprender, sus facciones se suavizaron, me apretó la mano y me dijo: «No te dejaré nunca».

La canción terminó y el olor a arepa quemada me trajo al presente con brusquedad. Al fin logré ubicarme y corrí a buscar la foto de mi mamá, mi hermano y yo. Allí estamos los tres sonriendo tristes frente al monumento a Washington, con camisetas que dicen «*Justice for L.J. Pizarro*». Sentí que mi corazón dio un brinco, sin entender muy bien por qué, pero sabía que algo había cambiado.

De pronto me sentí animada y decidí saltarme el desayuno. Miré la hora. Abrí la aplicación de mapas para ver cuánto me tomaría hoy llegar a la oficina de nuestra organización en Washington, *L.J.P. Human Rights*. Tenía el tiempo justo. Esa mañana era la reunión con mi hermano y el resto de la junta directiva para celebrar la apertura de nuestras oficinas en Colombia. En ese momento el teléfono sonó. Era mi madre.

UN CUENTO CUÁNTICO

Si a Juana le preguntaran qué es lo que más desea, diría que tiempo. No solo quisiera tener unos minuticos o unas horitas de más, no, lo que ella pediría sería manejar el tiempo: devolverlo, adelantarlo, detenerlo. Juana entiende a cabalidad que eso es físicamente improbable, entonces, cuando está abrumada se pregunta qué es lo que en realidad quiere.

Se conforma con devolver el tiempo en sus ensoñaciones al recostar la cabeza en la almohada en el conticinio y la oscuridad de su cuarto, y el sueño verdadero no llega. Entonces cierra los ojos y se ve otra vez adolescente, con esas ganas de hacer y ser, con todo el tiempo por delante. Y sueña que puede volver atrás a decirle a su yo de oscuros ojos vivaces, con sus pestañas todavía largas y rizadas: ¡No seas pendeja, termina la universidad! Porque Juana dejó sus estudios para casarse, cuando faltaba tan solo un año para su graduación.

Pasaron ya 15 años que se deslizaron por su vida sin darse cuenta, dejaron en su regazo cuatro hijos y un esposo y excluyeron la física cuántica de su horizonte. Eso era lo que Juana estudiaba, física cuántica. Y era buena, mucho mejor que Sergio, que era bueno también. Por eso siempre estaban juntos, porque las ideas que intercambiaban en su lenguaje subatómico generaban una energía discreta o, en otras palabras, no continua, sólo posible cuando compartían los dos. Una vez que se separaban, la energía se interrumpía y las ideas se perdían solitarias. Claro que el largo cabello negro de ella, su cuerpo rollizo, que a pesar de su desinterés por revelarlo vestido con sus camisas sueltas, era «de una perfecta simetría proporcionada, *esféricamente* apetecible y curvilíneamente hermoso», como lo describía Sergio, un poco en broma, como si hablara de un cuerpo Newtoniano; y los bluyines sueltos de él, sus «ojos verdes de perrito curioso, la barba rala de villano y sus bucles rubios de El Principito» según Juana, pudieron tener algo que ver en esto, pero quién sabe, al fin y al cabo todo son meras conjeturas y cálculo de probabilidades.

Para Juana, el amor era algo más complicado que la teoría de partículas, o sea, ininteligible. Pero aun así se dejó atrapar, pues quién dijo que hay que entenderlo, lo importante es sentir sus efectos y aprovechar sus múltiples usos, como el de arroparse con un cuerpo caliente en las noches frías o el de perderse en la profundidad de unos ojos que te responden en las mañanas nubosas. Así, de intercambiar energía, llegaron al intercambio celular, que es el que al final produjo una cascada de acontecimientos, el primero de ellos su embarazo, y luego la recua de consecuencias: el terror de Juana y Sergio, la decepción de sus padres, el matrimonio y el adiós a sus partículas. La vida de Juana dio, lo que podría llamarse, un salto cuántico.

Juana no tuvo tiempo de saber si le gustaba su nuevo estado o no. Daniel llegó como cualquier otro bebé, no con un pan debajo del brazo, sino con un sol que la obnubiló casi por completo. Le gustaba lo del sol por su luz cegadora: nada que no tuviera que ver con Daniel tenía ningún sentido, y por esa atracción gravitacional que su hijo ejercía sobre ella y sobre todas las personas que la rodeaban: su madre, su padre, Sergio y su familia, sus amigos y vecinos. Todos girando alrededor de esta estrella, como planetas deshabitados.

Pasados dos años de tan astronómico acontecimiento, Juana decidió que era tiempo de repetirlo, ya se sabe, pobre niño si se queda sólo, mejor tener la parejita… Así nació Valeria, con otro sol debajo del brazo, si bien, por ser un evento repetido, el deslumbre no fue tan cegador. Se podría decir que el segundo suceso tuvo menor densidad, pero no por eso careció de sus características estelares. La vida siguió su curso y Juana descendió del espacio sideral a la vida corriente del ama de casa: repetitiva, enclaustrada y poco estimulante. Juana es de las que no se deja amedrentar, así que la asumió con entereza y aprovechó cada oportunidad para romper las leyes de esta mecánica maternal, leyendo libros, estudiando por su cuenta, encaminando a sus hijos por senderos inteligentes de saberes y pensares entrelazados con la vida, no llevados con apatía por la inercia del colegio.

Cuando Valeria llegó a la edad escolar sus padres decidieron cambiar de horizontes, ya que su país en permanente equilibrio inestable estaba manejado por seres que podrían llamarse estáticos, para quienes la física cuántica era sólo un principio de gran incertidumbre y nada de ganancia. Juana se entusiasmó con la vida nueva y empezó a contemplar la posibilidad de volver a la universidad. La idea de terminar sus estudios se asomó al principio como algo borroso que luchaba por tomar cuerpo; luego cada vez con más claridad, de manera que Juana podía verla en tres dimensiones, acariciarla, girarla y observarla desde todos los ángulos. Jugaba con esta idea inexpresada aún, cada vez más con más frecuencia, se imaginaba investigando, perdida en elucubraciones científicas y filosóficas, hasta que algunas señales le hicieron sospechar que algo más allá de su control estaba sucediendo.

Juana sabía que, en la teoría de partículas, cualquier suceso, por absurdo que parezca, posee una probabilidad de que suceda, como que al lanzar una pelota contra un muro ésta pueda atravesarlo. Las partículas pueden, de hecho, atravesar paredes gracias a un túnel cuántico. Así que no se le hizo raro que, a pesar de usar con éxito durante cinco años un método que debería detener cualquier avance de vida ajena en su cuerpo, los espermatozoides de Sergio pudieran atravesarlo y llegar a su óvulo, fecundándolo.

Y para que no cupiera la menor duda de que estaba embarazada, la doctora le comunicó que eran dos los cuerpos que crecían en su vientre. Entonces esa idea, que brillaba tenue aún en su imaginación, se rompió en mil pedazos y dejó fragmentos afilados por todas partes, de manera que a donde quiera que Juana moviera sus pensamientos, su mente se retraía herida. Era como caminar descalza por la cocina en cuyo piso se esparcieran los fragmentos de un vaso de vidrio. Pero no todo era dolor y sangre. La promesa de un sol doble también la sanaba y alegraba.

Tres años después del evento improbable, aquí está Juana cansada y abrumada. Su idea hecha añicos trata de juntar sus partes. La vida en estas tierras, que desde afuera parece una galaxia de estrellas, luminosa y posible, es de hecho solitaria e individual, como electrones que giran alrededor de núcleos dispersos. La ayuda que podría tener en su país aquí es inalcanzable. El trabajo de Sergio es un agujero negro donde desaparece su tiempo, su entusiasmo y él mismo: nunca se le ve. Juana siente cómo la edad se ha convertido en un factor importante que la hace sentir vieja y tiene miedo de que cuando los gemelos crezcan lo suficiente como para que ella pueda volver a sus ilusiones, ya no tenga las ganas o la energía para hacerlo. Por eso sólo sueña con devolver el tiempo, o adelantarlo o detenerlo. Se imagina una vida paralela donde sus deseos de sumergirse en teorías e hipótesis no estén reñidos con sus actividades maternas; un mundo donde las madres no tengan que dejarlo todo si eventos improbables o buscados subvierten el orden establecido.

Juana se mira al espejo. Sus ojos almendrados con algunas arrugas en su vértice le devuelven una mirada lúcida y esperanzada. Su rostro, un poco más relleno y blando que hace 15 años, aún conserva un asomo de frescura. Afuera los gemelos golpean la puerta del baño repitiendo cada uno a destiempo su mantra: mamá, mamá.

Piensa en que una sola partícula cuántica puede ocupar numerosos espacios simultáneamente y entonces quisiera tener esa misma propiedad y poder estar con sus hijos y al mismo tiempo trabajar en un laboratorio de investigación. Recuerda también que el estado de estas partículas sólo se define cuando alguien se decide a mirarlas. Como el famoso gato de Schrödinger que no sabremos si está muerto o vivo hasta que no abramos la caja. Frente al espejo, de pronto Juana ve claro que lo importante es definir el estado en el que está, hasta que pueda alcanzar el que desea. Ahora mismo es una supernova que crea estrellas, la fuerza centrípeta que ayuda a concretar nebulosas, la energía que ordena mundos y galaxias en su familia, y eso de alguna manera también es un universo deseable y misterioso. Y al mismo tiempo, es esa mujer con un sueño fijo adentro, como un gato muy vivo que maúlla y ronronea y que sólo necesita abrir la caja y saltar. Agarrada a esa idea, Juana, al fin, abre la puerta.

Publicado originalmente en
el magazín virtual Anfibias Literarias
https://www.anfibiasliterarias.com

DE PASEO

Mariana hizo una mueca de disgusto, levantando el labio como un camello sediento y arrugando la nariz como una niña consentida. Pero se cuidó muy bien de que su madre la viera, ya sabía el discurso que seguiría si la pillaba: «que desagradecida, que no sabes lo privilegiada que eres, que otros niños ni siquiera pueden viajar en vacaciones, que blablablá». Yo no veo el privilegio que mi madre siempre me echa en cara, ¿acaso tenemos dinero? No, ni siquiera tengo mi propio Nintendo para jugar con mis amigas. ¡Ah! Y ahora a pasar vacaciones en la finca de los Ocampo, con lo cansones que son esos niños. Me tocará llevarme una tonelada de libros y juegos para no aburrirme.

—¡Apúrate, pues, que nos recogen en una hora! —todavía gritó la mamá desde su habitación— no se te olvide empacar el vestido de baño y las botas de montaña, allá hay muchos senderos para caminar.

Mariana terminó de subir las escaleras despacio, como si fuera al patíbulo en vez de ir a su cuarto a preparar la maleta. La verdad es que no se entiende su fastidio ¿quién no se pone feliz de irse de vacaciones? Como si adivinara nuestra perplejidad, Mariana nos deja asomarnos en sus recuerdos. Tendría unos 8 o 9 años. Juega con dos niños, uno como de su edad y el otro un poco mayor. Corren y compiten a ver quién es más rápido. Mariana es ágil, pero el chico grande sólo se burla: «ja, ja, una niña corriendo», dice, mientras corre con pasos de payaso y agita las manos como una marioneta loca. Ella no se identifica para nada con esa representación, sin embargo, siente mucha vergüenza de ser niña y mucha rabia de sentirse juzgada así. En su imaginación, trata de verse mientras corre: con el cuerpo un poco echado hacia adelante, la cabeza en alto, los brazos doblados y pegados al cuerpo y las piernas dando grandes zancadas en una línea recta. Entonces corre, imitando esa imagen que tiene en su cabeza, pero se siente ridícula. Ahora es ella la que encarna un papel: imita a la niña que corre en su imaginación para poder pasar la prueba.

Tanto teatro la distrae y se cae. Aguanta el llanto, pero el chico sigue con su burla: «las niñas siempre se caen, ahora seguro se pone a chillar». El otro chico no dice nada, pero se ríe de las ocurrencias de su hermano. Ella no entiende su dolor todavía. Quisiera decirle que ese dolor la acompañará por mucho tiempo, hasta que se dé cuenta de que su valía no está dada por la apreciación de un chico, pero mientras tanto, sufre. ¿Y por qué sufre? Podría jugar con otras niñas y dejar de buscar que los niños la acepten, ¿no? Pues no. Ella no juega con niños para buscar su aprobación. Hace lo que le gusta hacer, que muchas veces son los juegos de los chicos. Ella no piensa que correr, montar en bicicleta, trepar árboles o jugar a la lucha como karateka sean juegos de niños, pero le duele tener que demostrarlo, como si no tuviera derecho. Con un suspiro volvió a la realidad y comenzó a empacar lo necesario para dos semanas. La idea de pasar tiempo con ellos la enfermaba, así que escogió varios libros y su viejo juego de *Game Boy*. Cerraba la cremallera de la maleta al escuchar el pito de un carro frente a su casa.

—¡Mariana!, ¡Llegaron! —casi cantó la madre desde abajo. Es ella la que parece una chiquilla feliz, poco le falta para brincar y dar palmas de contento.

Mariana bajó las escaleras tirando de su equipaje como si llevara piedras. No miró a su madre que la observaba con ojos de juez y meneando la cabeza.

—A ver, mijita, cambia esa cara que vamos a pasarla rico, ya verás —Mariana no dijo nada, solo volteó la cara y lanzó un gruñido de descontento.

Salieron las dos a encontrar a sus amigos. La madre con pasitos rápidos, la maleta al vuelo, casi ingrávida y la niña con la cabeza gacha arrastrando los pies, la maleta y el ánimo, que reptaba detrás de ella.

—¡Cecilita!, ¡qué rico que al final pudiste sacar tiempo para venir! Los niños están felices de volver a jugar con Marianita, si es que no la ven desde hace como cinco años, casi desde que estaban en pañales —rio la madre de los niños con su propia ocurrencia. Los dos chicos en la parte trasera del Jeep estaban en silencio, pero miraban con disimulo a la chica que caminaba tan despacio, como amarrada a un yunque.

—Eso, mi amor, tú te vas atrás con Juan Carlos y Jorge. Cecilita, súbete aquí con nosotros —dijo la mujer mientras se movía, pegándose aún más a su marido para dejarle sitio a Cecilia en la ventana.

Mariana dio los últimos pasos que la llevaban a la parte de atrás del Jeep con un lastre en el estómago, como si se hubiera tragado todo ese peso que antes arrastraba. Cuando por fin levantó la vista, se encontró con dos pares de ojos que la miraban. El primer par de ojos, claros como la miel, brillaban entrecerrados con un gesto burlón; los otros dos, oscuros, casi negros, abiertos y enmarcados en sendas filas de largas pestañas, la observaban con tierna curiosidad, lo que hizo que el peso que llevaba en su interior se disolviera al instante, como piedras que, al pasar por su estómago, se desintegraran en arena y le hicieran cosquillas. El dueño de los ojos oscuros le tendió la mano mientras le pedía que le pasara la maleta para subirla.

—Aquí hay espacio para sentarte —dijo el ojioscuro, retirando del asiento de enfrente los paquetes que lo llenaban.

—Tu eres Jorge ¿cierto? —Mariana lo miró a los ojos mientras se sentaba al frente.

—¿Te acuerdas de mí? —respondió Jorge con cierto rubor y una voz que sonó más insegura de lo que él hubiera querido.

—Creo que sí…. —Mariana dejó la frase colgando, sin dejar claro si de verdad recordaba o evitaba hacerlo, mientras sus mejillas sufrían el mismo destino colorado.

—No, pues, ¡los tortolitos! A que van a jugar a la casita y a tomar el té —Mientras decía esto, sus ojos de miel no destilaban una mirada dulce, sino amarga.

—¡Ah! ahora sí me acuerdo. Tú eres Juan Carlos — Ya perdida toda timidez, Mariana lo enfrentó con una mirada de hielo.

—Y tú eres la marimacho que nos tocará aguantar estas vacaci... —No pudo terminar la frase porque el codazo que Jorge le propinó lo dejó sin aliento.

—Idiota —Puñetazo en el estómago

—Bruto —Patada en la pantorrilla

—Ya, ya, dejen de pelear —la voz del padre se oyó por encima de los insultos y el ruido de bolsas de plástico siendo zarandeadas en la parte de atrás —¡El próximo que diga una palabra va a saber lo que es bueno!

Mariana sacó un libro de su morral y se acomodó para leer el resto del camino. Juan Carlos cerró los ojos para dormir y Jorge se puso a jugar con su Nintendo. El viaje transcurrió sin más contratiempos y pronto el Jeep entraba a la finca por la carretera bordeada de palmas.

—Hemos sabido llegar —declaró el padre en tono jovial.

—Niños, ayuden a bajar los paquetes —dijo la madre mientras todos saltaban del Jeep.

—¡Oh, ya se me había olvidado lo lindo que es aquí! Mijita, ¡mira los naranjos y guayabos!

—¿Te gusta caminar? —Jorge la alcanzó e igualó sus pasos.

—Sí, me encanta.

—¿Te gustaría ir después de almuerzo? Hay un camino cortico que tiene vista sobre la laguna, es muy chévere.

—Bueno, listo —Mariana contestó un poco sonrojada pero feliz. Le pareció que el cielo era de un azul muy bello y vio ahora sí los árboles que su madre había mencionado mientras su olor dulce y provocativo la envolvía. De pronto se sintió liviana como si alguien hubiera levantado un peso que no sabía que llevaba.

A la hora de la siesta, los adultos se retiraron a descansar y los chicos se fueron a caminar. Pronto Jorge y Mariana descubrieron que tenían muchas cosas en común. A los dos les gustaba leer y habían coincidido en varios libros. Les gustaba la música, sobre todo el rock, aunque Jorge también escuchaba vallenatos y salsa y a Mariana le gustaban las baladas. Ambos eran buenos nadadores y estaban en clases de artes marciales. ¡Caramba, qué coincidencias!

—¿Has ido al cine? —preguntó Jorge

—Sí, fui a ver Los juegos del hambre, me gustó mucho ¿La has visto?

—Sí, está bien. No es mi favorita, pero la chica es buena con el arco ¿no?

—¡Si! Me encanta. Al menos no es una princesita estúpida que espera que la salven.

—¡Uf, no!, a mí no me gustan esas películas de princesas, me parecen tontas.

En lo más animado de su conversación apareció Juan Carlos con otro chico de su edad, de cabello abundante y alborotado, y un par de chicas. Las dos niñas estaban bien arregladas y maquilladas, una de ellas era rubia y tenía mucha sombra alrededor de los ojos, la otra era de cabello oscuro y labios súper rojos. Pronto los chicos formaron un corrillo alrededor de las dos chicas y la conversación derivó sobre el último capítulo de *Talento Latino*, cada uno con su opinión sobre cuál concursante era mejor.

Llegaron a una quebrada que corría al lado del camino. El sonido del agua hizo que todos callaran por un momento y Mariana se sintió feliz de haber venido, dejando que el repiqueteo de la pequeña corriente la inundara con sus carcajadas cortas. Le gustaba Jorge, no podía dejar de mirar sus ojos oscuros que no habían perdido su expresión curiosa y tierna, le gustaba su tranquilidad, su inteligencia y, sobre todo, le atraía de él que pudieran hablar de libros, de música o lo que fuera.

—Si quieren ver la laguna desde la cima tenemos que cruzar la quebrada por aquí —dijo el chico nuevo.

—¿Por aquí? ¡No friegues, Pipe! —dijo la rubia, subiendo la voz.

—Sí, vamos Lili, es una quebrada pandita y podemos quitarnos los zapatos.

Las dos chicas fijaron con desconsuelo la vista en el agua y cruzaron una mirada fastidiada.

—¡Ay, no! —dijo Juan Carlos impostando la voz en un tono falsete, mientras daba brinquitos y movía las manos como abanicos— Por aquí no, que se me rompen las uñas.

Los tres muchachos rieron con ganas. Las dos chicas cruzaron sus brazos y, haciendo pucheros, les dieron la espalda a los chicos. Mariana se quedó sin saber qué hacer. Le parecían unas niñas tontas por venirse tan arregladas a caminar en el campo, pero le molestaba la burla de los chicos como si sus risas las rodearan a las tres y las encerraran en el mismo saco.

—Vamos Juanca, extiende la capa de caballero para que las princesas no pisen el suelo sucio —se unió el otro chico a la burla. Reían con ganas los muchachos y ellas estaban cada vez más serias.

—Pues entonces nos vamos y no venimos esta noche a la fogata —dijo la pelinegra.

—No, Pao, si no es para tanto. Venga, por allí hay un cruce de piedras, no tenemos que mojarnos —Pipe se adelantó mostrándoles el camino.

Los otros lo siguieron mientras Mariana se rezagaba a propósito y se sentaba en una roca para quitarse los zapatos.

—Yo sí me quiero mojar los pies —dijo ella. Jorge, allí a su lado, miraba a las chicas que ya trepaban por el sendero—. Si quieres, sigue con ellos, yo ya los alcanzo —dijo al ver la indecisión del muchacho, pero deseando que no lo hiciera. Jorge la miró, volvió a mirar el sendero por donde desaparecieron las chicas y volvió a mirarla antes de contestar.

—No, yo también me quiero mojar los pies —contestó al fin. Las cosquillas que sentía Mariana en sus pies masajeados con el agua parecieron extenderse por todo su cuerpo al escucharlo y ver que se sentaba a su lado.

—Qué par de princesas ¿no? —continuó hablando como distraído.

Mariana lo miró antes de contestar, quería verle los ojos para entender lo que pasaba por su cabeza, pero estaba agachado desanudando sus cordones.

—Pues sí, la verdad es que son tontas al venir con zapatos de tacón para caminar en el monte. ¡Qué incómodo! ¿Y todo ese maquillaje? ¿Como para qué? contestó al fin.

—¡Ay, no!, se nos dañan los pies si se nos mojan —dijo Jorge con la voz en falsete y meneando el cuerpo de forma ridícula. Mariana rio mientras sentía un pellizco de incomodidad porque no sabía si alegrarse o sentirse decepcionada.

Esa noche Mariana se sintió emocionada de saberse parte de un grupo, como si fuera testigo de algún rito de iniciación. Sentados alrededor del fuego con la oscuridad de la noche cercándolos, alguno rasgaba la guitarra y todos cantaban, sosteniendo los largos pinchos con masmelos que se asaban en las llamas. Luego las exclamaciones y las risas, al tomar los copitos blandos carbonizados por fuera y derretidos por dentro que quemaban la boca. Todos felices, todos hermanos.

Los chicos propusieron jugar a la botella, mientras las dos chicas protestaban. Mariana no había jugado nunca y sentía curiosidad de saber de qué se trataba.

—Venga Pao, vamos a jugar, yo sé que te gusta — Pipe pedía con voz de ruego.

—Ay, no sé, es que me gustaría que jugáramos a otra cosa…

—Si, ya, ¡cómo no! No se hagan las rogadas que las viejas rogadas son cansonas—Juan Carlos intentaba amedrentarlas para que entraran al juego—. Además, siempre que dicen no, es que sí quieren, ¿cierto?

—¡Mentira! —protestaron las chicas. Pero Juan Carlos y Pipe las rodearon acercando sus caras y con la mirada desafiante por unos segundos, para casi de inmediato cambiar su expresión y suavizar sus miradas, poniendo cara de ositos de peluche.

—No te vayas, que sin ti no es lo mismo. Es que ni los masmelos son dulces si no estás tú— dijo Juan Carlos mientras apartaba con suavidad un rubio mechón de la cara de Lili.

Las chicas no dijeron nada, pero se miraron con ojos interrogativos, tal vez para darse ánimos mutuamente. Su mirada también parecía transmitir el temor de lo que vendría. No se animaban, parecían de verdad molestas. Al final aceptaron sin mucho entusiasmo, como si hubieran perdido una contienda.

Quisiéramos entonces asomarnos a sus cabecitas para entender su dilema, pero como no podemos, indagamos en los pensamientos de Mariana, el problema es que ella no entendía muy bien de qué iba la cosa. Creía saber, por chismes que le habían contado las amigas, que la idea era dejarse besar por los muchachos y sentía una mezcla de curiosidad, ganas y miedo. Le pareció que las dos chicas habían aceptado porque no querían defraudar a los chicos, pero no estaba segura. Sintió que todo el día había sido solo un preámbulo para los chicos. Este momento era lo único importante. Hubo un poco de forcejeo por decidir dónde se sentaba cada uno, las chicas querían que Jorge se sentara junto a Mariana, sin que ella entendiera por qué. Jorge parecía de acuerdo con esa distribución, mientras Juan Carlos echaba chispas contra su hermano. Al final la rubia le dijo que era para la primera ronda que después cambiaban. Así que quedó Jorge a su lado, y frente a ella Juan Carlos, que la miraba con unos ojos que parecían medirla y ante los cuales ella no pasaba la prueba. Echaron a girar la botella y ésta se detuvo frente a Pao, la pelinegra, que con media sonrisa miró a Pipe, quien estaba justo al frente de ella. Entonces se pusieron de pie y se besaron en la boca, mientras Juan Carlos cronometraba un minuto con su reloj.

—Tiempo —dijo él, mirando a Mariana con sus ojillos burlones y pasándose la lengua por los labios.

Mariana entonces entendió el descontento de Juanca al quedar frente a ella y no frente a Lili, comprendió que Jorge sí quería estar frente a la rubia. Buscó desesperada una excusa para irse a su cuarto, pero no se le ocurrió ninguna convincente. Evaluó la posibilidad de irse de todas maneras, pero no se atrevió. Era apenas el primer día y le esperaban quince más con ellos. No era capaz. Se sintió casi enferma de pensar en Juan Carlos besándola en los labios, con la lengua húmeda en su boca… ¡Sería su primer beso! Pero se puso aún peor de imaginarse a Jorge besando a la rubia. Con mucho miedo vio cómo la botella giraba, no quería que se detuviera, no en Jorge, por favor, no en ella. Y mientras esperaba, sudando, el desenlace del giro no pudo evitar sentir un deseo difuso y un cosquilleo delicioso en el vientre.

INEXPERIENCIA

Esa deslucida tarde, Oliver salió temblando al malecón ¿Se puede morir de amor o tan sólo se muere de deseo? Luego de medio día de rasguñar barreras, sus palabras heridas aún le dolían. La sangre derramada en vano era una pérdida aún mayor pues no fue suficiente para provocar, del otro lado, la sílaba musical del «sí».

Celia aún sigue detrás del «no». Sabe que Oliver sufre, pero ella también sufre esperando el «sí» de Mario. Ella no rasguña, no pide, no deja ver sus ansias que intentan salir enredadas en sus palabras escuetas. Solo lo mira con ojos secos y la boca llena, mientras toda clase de humedades nuevas se asientan en su cuerpo. Mario no parece leer las señales difusas que ella envía y, en todo caso, su mente parece ocuparla una cuarta persona en esta historia de vectores paralelos. Cada uno va tras otro que se aleja tras otro.

Oliver camina con lentitud por la playa, mientras Celia se aleja sin saber muy bien a dónde. La expansión rítmica de sus sienes les marca el compás. Esa oleada de calor que sienten de repente se diluye en sus venas expandiéndose inmisericorde por sus cuerpos. El aliento entrecortado les sorprende y se preguntan con sobresalto si se sobrevive a esto, mientras un batallón de hormigas les recorre su ángulo inferior.

Ella busca desesperada el bálsamo del alivio y no lo encuentra. Se refugia en lo conocido y habla con su amiga sin contarle nada. Las palabras banales abren caminos que ella sigue, pues sabe que la llevan por donde ese asalto indescifrable se reduce y puede volver a respirar.

El muchacho aún no sabe exorcizar sus deseos y poseso cae rendido en el primer zaguán. La complaciente vicaria lo estrecha en sus brazos, lo bendice, lo unge con sus óleos sensuales y, redimiéndolo, le da la absolución.

MÉLODY *MADE IN USA*,
POR JACOBO SILVA PARA *NOVEDADES*

Mélody entra con el porte elegante y firme que la caracteriza. Su cabello ensortijado, llevado como una esponjosa corona azabache le da un aire juvenil y transgresor que siempre llama la atención. Además, sus facciones de diosa griega y su cuerpo de modelo hacen que las cabezas se vuelvan para verla, pero su mirada fría y penetrante disuade de inmediato a cualquiera de querer observarla por mucho tiempo, al sentir que algo se congela en sus venas. Es intimidante. Y lo disfruta.

Se sienta a mi lado sin siquiera sonreír ni registrar mi presencia. Pasea su mirada alrededor, como inventariando el entorno y al posarse en mis ojos, desvío la vista sin siquiera pensarlo. No puedo soportar su escrutinio de escalpelo. Entiendo lo que ya me habían dicho, que la mirada de la famosa Mélody te convertía en piedra.

Después de los saludos de rigor pide su legendario Martini con aceitunas griegas. No le pregunté por la elección, ya sé que no le gusta hablar de nimiedades, pero en la escena nocturna se sabe que siempre pide aceitunas griegas, y a veces los lugares se ven en problemas para conseguirlas, porque la mayoría se importan de España o Italia, más apetecidas por estos lados. Se dice que su nombre es de origen griego y que alguno de sus antepasados le ha dado sus genes helénicos y, en mi opinión, su aire arrogante. Casi sin preámbulos, comienza a leer:

«Mi pelo no se parece a mí. Es un nido de serpientes venenosas que detienen mi paso. Quiero ir a un lugar y mi cabello me lo impide, quiero trabajar en ciertos puestos, pero mi pelo se impone. De nada sirven mis ideas o talentos, de nada sirven los ruegos a mi melena en las mañanas al tratar de domarla y hacerla parecer lo que merezco. Nada. No se deja domeñar y me grita que la deje ser. A veces creo vislumbrar una libertad abrumadora al otro lado de mi cabello, pero su intrincada red de hilos enroscados hasta el infinito se interpone entre mis deseos y mi yo».

Hace una pausa y con una mirada algo suavizada por su recuerdo, dice «Eso pensaba yo a los 20 años».

Al sentir el flash de la cámara parpadea y mira con ojos interrogantes barriendo el lugar con su mirada. Sin esperar respuesta, sigue la lectura como si lo hiciera para sí misma y todos nosotros fuéramos sus convidados de piedra.

«Entonces usaba lo que hubiera en el mercado que hiciera posible, para mí, encajar en un mundo de cabelleras lacias. Planchas, químicos, gorros especiales de dormir... Todo. Tirones, dolores de cabeza y llanto. Mi madre me decía que yo era especial y que llegaría lejos, que al fin un hombre me vería más allá de mi pelo malo y me daría la vida que merecía. Yo recostaba mi cabeza en su regazo y mientras ella hablaba, me soñaba hermosa, con una larga cabellera que brillaba con luz propia en ondas sensuales y voluptuosas. Veía la mano de ese hombre, que me rescataría de mí misma, acariciar las olas de mar sedoso, enredar sus dedos entre lacias hebras de ónix, como si pescara sueños en aguas oscuras. Pero abría los ojos y cuando trataba de pasar, ya no mis dedos sino la gruesa peinilla entre mis cabellos, ésta quedaba estancada en los rizos apretados de mi cabello crespo. Entonces seguía con el ritual de alisamiento y maquillaje para pretender ser quien no era, porque el resultado era bello: me gustaba esa imagen de mujer moderna y hermosa».

Me atrapa su lectura, hay algo en su historia que seduce, a pesar de su tono de superioridad arrogante, tal vez sea su honestidad. Se lo digo y ríe condescendiente. Mélody no ha sido siempre esa escritora lúcida y mordaz que conocemos. *Made in USA* es su primer libro y antes de escribirlo se ha desempeñado como diseñadora gráfica y de animación, publicista, modelo y directora de comerciales. Aunque la tentación de seguir con la lectura es considerable, le pido que nos hable de su vida anterior al libro, sus inicios profesionales, y sus múltiples actividades, lo que los lectores desean saber.

«Empecé bastante joven a trabajar en una empresa de publicidad en Bogotá. Sé que mis ideas eran buenas porque muchas de ellas se usaron en comerciales con éxito, aunque mis jefes nunca me dieron crédito ni mostraron su apreciación por mis sugerencias. Eso era algo que me causaba escozor, pero al final seguí allí porque era una agencia reconocida, además amaba jugar con mi creatividad como trabajo profesional y me sentía feliz si mis ideas funcionaban. *Qué se va a hacer, así ha sido siempre y los hombres son los que mandan*, pensaba. Yo nunca peleé por estas cosas y más bien mantenía una actitud de…, cómo diría, de obediente silencio, así podía seguir con el diseño, que era lo que me gustaba, sin que nadie me molestara».

«Esto cambió después de que vendieran la empresa a Minerva, una mujer gigante en el gremio del *advertisement*, como decía ella misma. Lo primero que hizo fue cambiarle el nombre a la agencia: Atenea Marketing, y poner a su sobrino, Arturo, de gerente, quien llegó con nuevas ambiciones y métodos y una falsa ilusión de apertura que entusiasmó a las que estábamos marginadas.

En la primera reunión que tuvimos para elegir una nueva campaña publicitaria, él ensalzó las pocas cosas que las dos únicas chicas atinamos a decir cuando nos preguntó a quemarropa por nuestra opinión. A partir de allí me preparé con esmero antes de las reuniones para que no me volviera a encontrar desprevenida, lo que incluía preparar mi portafolio, mis argumentos y mi cabello, liso y sedoso».

Mélody toma un sorbo de su copa y escoge uno de los canapés de queso manchego. La imito y tomo yo también uno de queso con miel de trufas de Provenza, delicioso como es siempre en «Mediterráneo», el restaurante que ha escogido ella para la entrevista (¿Un restaurante de comida europea? Me sorprende su elección, dada su fama de anticolonialista rabiosa).

Nos quedamos unos segundos en silencio, disfrutando de la suave música y del ambiente cálido del restaurante y así pude aprovechar unos instantes para observarla, sin el insidioso foco de la cámara en ella. Sus gestos al tomar los pasabocas y beber de su copa me parecieron sencillos, con un aire distraído, algo que contradecía un poco su actitud al llegar y al inicio de la entrevista. Me parece que su arrogancia ha cedido un poco y ésta que disfruta sus antojos culinarios es la auténtica Mélody, sin su actuación de modelo sofisticada. La animo a proseguir con su historia en Atenea.

«Así comenzó lo que creí que sería una carrera laboral exitosa, pero en realidad no era sino la trillada historia de la chica elegida por el jefe como su nueva adquisición. Un trofeo que exhibía orgulloso, mientras se apropiaba de sus ideas y ensalzaba su beldad. Caí como una tonta en su juego, algo que no puedo excusar salvo por mi juventud e idealismo, y en medio de celebraciones, cenas con clientes y reuniones de última hora, pasé de ser la estrella del diseño a desempeñarme como la chica acompañante del jefe. Empecé a habituarme a sus requerimientos de 'trabajo' en horas extras, donde me pedía sentarme en su escritorio y él en su silla escuchaba mis propuestas de diseño mientras acariciaba mis muslos, cada vez más arriba. Así fui aceptando sus avances sin protestar, precisamente por reptar estos de forma sutil dentro de la cotidianidad. No me di cuenta de lo que pasaba, ni siquiera al escuchar a los colegas llamar a Minerva la diosa y a su sobrino el diosito y decían, que se sabía que, como los dioses, era del tipo que tomaba lo que quería, sin preguntar. Un día terminó de cerrar el cerco de su posesión, al empujarme sobre el escritorio y consumar su deseo sin siquiera poner el seguro de la puerta».

Calla por un momento mirando más allá de nosotros como a un horizonte lejano y continúa sin esperar preguntas ni comentarios «¿Que si fue con mi consentimiento o no? ¿Cómo decirlo? En ese tiempo era algo que podía pasar y se hacía como un requerimiento para trabajar, como quien tiene que presentar un examen difícil para terminar sus estudios: se hace y punto. Nunca pensé que algo así me pasaría, porque era seria en el trabajo y creía que si me esforzaba mucho y no hacía ningún gesto que pudiera confundirse con coqueteo, los jefes me verían como a un empleado más y me valorarían por mi talento. Después de ese día me sentí confusa y no supe qué hacer. Esa noche dejé que pasara todo lo que pasó, porque no vi otra opción y pensé que cuando toca, toca. También llegué a pensar que a lo mejor yo le gustaba, que él me valoraba y tal vez iba a fraguarse una bella relación amorosa».

Toma un poco de su Martini seco. Aunque parece imperturbable, sospecho que esta pausa no es solo para mojar los labios, sino para recomponerse después de compartir estos penosos recuerdos. No digo nada porque siento que no ha terminado de contarnos esta etapa de su vida y la dejo continuar a su ritmo.

«El dolor y la comprensión vinieron de manera gradual durante los días y semanas siguientes. Poco a poco el jefe me dejó a un lado y ya no brillaba mi cabellera en las reuniones. Ahora los dorados rizos de Paula, la otra chica, se movían gráciles cuando ella, con su voz dulce, explicaba sus diseños a los nuevos clientes. Yo apenas veía desde afuera, un poco envenenada de celos y despecho, la nueva evolución de las cosas. Hasta que entendí el todo: uní las distintas partes como un rompecabezas y vi el cuadro completo de mi propia estupidez.

«Ese día Minerva me llamó a su oficina y me dijo que ya sabía que yo era una típica zorra trepadora, que había seducido a su querido sobrino en su oficina, "¡cómo te atreves a desgraciar mi templo de trabajo!" me gritó. Intenté explicarle, pero me di cuenta de que no tenía forma de defenderme. Ella era la dueña y Arturo su sobrino, yo era mujer y él hombre. ¿A quién iban a creer? Me di cuenta de mi precaria situación. Sería mi palabra contra la de él, así que callé y dejé que Minerva me insultara y me degradara a su gusto. Al final renuncié. No soporté la presión de los otros hombres que me miraban con desprecio y deseo al mismo tiempo y se les iban las manos en mi cuerpo, como si yo fuera esa cosa que el jefe desechó en la papelera y ellos rescataran para su uso. Además, Minerva se aseguró de que no me volvieran a incluir en campañas publicitarias importantes y sentí que no había forma de continuar allí. Esa fue, pues, mi primera experiencia laboral».

Me impresiona la forma de relatar algo íntimo y difícil de una manera tan impasible. Pienso que parece algo fabricado, tal vez nos miente y quiere despertar simpatía. Pero algo en su mirada denota un dolor real y me hace dudar. Dejo que tome otro sorbo de Martini, mientras yo también degusto el mío y me pregunto cómo seguir con la entrevista después de ese relato tan espinoso, pero no tengo que pensar mucho, ella empieza a hablar de nuevo sin muestras de estar abrumada. Nos cuenta entonces que decidió viajar a Estados Unidos para estudiar, ya que en Colombia Minerva le había cerrado todas las puertas con su influencia poderosa. Su vida da un giro total al ser introducida al mundo literario de autores como Marysé Conde, Aime Césaire, Rebecca Solnit, Maya Angelou, entre otros. Afirma que estas lecturas «fueron como una explosión», que inició el cambio que se produjo —y aún evoluciona— en su perspectiva. Evolución de la cual habla más extensamente en el libro.

Le pido que nos aclare lo que quiere decir, y me habla de cómo las conversaciones con universitarios e inmigrantes, como ella, o con otras minorías americanas, le abrieron los ojos a lo que en su libro llama, la colonización de los cuerpos, «esa dependencia de cánones externos para definirnos como personas».

Hace una pausa para degustar otro de los pasabocas. Además de nosotros dos, nos acompaña

Raúl tomando las fotos, quien aprovecha el descanso para hacer unas cuantas, a lo que Mélody protesta y dice «!No me tomes fotos mientras como!, siempre quedo haciendo muecas» y se ríe. Me sorprende verla con esa actitud risueña y asequible, y diría que casi vulnerable, preocupada por su imagen. Vaya, entonces la gran Mélody es humana. Pero bueno, vinimos a escucharla hablar de su experiencia personal y las razones por las que decide escribir el libro.

Le pregunto por qué decidió regresar a Colombia y me dice lo que tantos que van y vuelven han dicho: «Mejor ser cabeza de ratón que cola de león», en otras palabras, prefiere tener cierta autonomía e independencia, aunque sea en una empresa pequeña, que ser solo un peón en una empresa de prestigio. Una vez terminada la maestría trabajó allá en una agencia. Su vida de empleada no era lo que pensaba del gran sueño americano: trabajaba en turnos en horarios imposibles, mañana, tarde y noche, a veces hasta 60 horas a la semana y aun así el sueldo apenas le alcanzaba para sobrevivir. Sin contar con que alguna vez le dio influenza y se dio cuenta de que allí no tenía derecho a enfermarse.

Al final entendió que, si quería seguir en diseño, tendría que abrir su propia agencia; no podía seguir desgastándose en Estados Unidos como una empleada explotada, ni tampoco tenía forma de que la contrataran en Colombia, con Minerva aún manejando el mundo de la publicidad.

«Así abrí mi agencia Mola Kuna. Al principio era yo sola quien hacía todo el trabajo. Poco a poco fui sumando empleados para que se hicieran cargo de la parte administrativa, así como diseñadores para que me echaran una mano con la carpintería de los diseños». A medida que nos aproximamos al punto álgido del relato, el momento en que decide escribir su libro y dejar su propia empresa en esa *muerte laboral* tan comentada en los medios, veo su transformación.

Creo que su imagen de diosa inalcanzable, que te congela con sus ojos de obsidiana, se resquebraja un poco. Por un instante me parece ver a la Mélody de 20 años con mirada soñadora, que en algún momento sintió temor de vislumbrar esa libertad que la esperaba al otro lado de su cabello indomable. El instante pasa casi imperceptible y aquí está la mujer fuerte que no parece necesitar a nadie, en perfecto control de sí misma y con pleno conocimiento de esa libertad que maneja con voluntad férrea, sin asomo de dudas.

«Trabajaba sola, como te decía, y fue una etapa muy feliz. Tenía completa independencia y elegía los trabajos sin presiones políticas ni ambiciones que me desviaran de mi camino. En ese entonces empecé a modelar en algunos anuncios, si los clientes me lo pedían. Me gustaba la idea de ser modelo, pero a mi manera; lo hacía si me convencía y no sometía mi cuerpo a torturas absurdas. Yo era mi propia representante». Creo que todos recordamos a la sensual Mélody, con sus curvas y peinado rebelde, en sus más afamados comerciales como los de Zhye, los productos para el cabello natural.

Como si me leyera el pensamiento, Mélody clava sus bellos dardos oscuros en mis ojos esquivos y me dice: «Zhye era el tipo de campaña que yo trabajaba con mucho gusto. Un producto nacional, con ese hermoso nombre y con la idea acertada de abogar por la belleza natural, sea cual sea el tipo de cabello: largo, corto, ensortijado, liso… o una hermosa mezcla como lo somos todos en este país». Entonces hablamos algo del Muisca, de la palabra Zhye, que significa cabello, sobre sus ideas sobre la aceptación del cuerpo y de la cultura, que es, se podría decir, el tema central de su libro y lo que lo ha hecho tan popular. Pero pronto siguió su relato, que es el objetivo principal de esta entrevista: las razones personales que la llevaron a escribir el libro que por tres meses consecutivos ha sido el número uno en ventas en Colombia.

«Quise que la agencia creciera para competir a la par con las gigantes, pero me di cuenta de que necesitaba inversión de capital…». Interrumpe su relato y se distrae en un silencio ausente. Se ve que es algo que aún le causa resquemor y tal vez no ha terminado de procesar. Para facilitar su narración le pregunto cómo conoció a Percy Oñate. Hay un brillo momentáneo en su mirada y sus labios se tensan. Me preparo porque sé que Mélody viene con una cascada de palabras a contarnos su historia. «Percy O., como le decíamos, llegó con la apariencia de la casualidad. Claro, ahora entiendo que se murmuraba que yo buscaba un socio capitalista, así que no puedo imaginar que nuestro encuentro haya sido casual, más ahora que sé lo que ya sabemos de él y de sus intenciones, pero en ese momento no lo sospeché. Nos conocimos en una convención de Diseñadores Gráficos en Publicidad que se hizo ese año en la isla Gorgona. Él era —es, ya lo habrán visto en las noticias— apuesto y carismático. Venía de Estados Unidos e hicimos una conexión inmediata, pues yo creía que coincidíamos en muchos de los temas que eran importantes para mí».

Le pedí que nos explicara qué quiere decir con esa última frase. Animada por el aguijón de la rabia, a Mélody le brillan los ojos, como la superficie de un lago profundo y quieto que reluce al sol, ocultando siniestras criaturas y continuó: «Al principio trató de halagar mi cabello llevado así de forma natural, un poco loco, como dijo él mismo. Al ver que no me convencía, me habló de literatura y amor por lo propio. Me nombraba a todos los autores que yo admiraba, como los que he mencionado aquí. Decía que detestaba el imperialismo, que admiraba la sabiduría indígena y la persistencia de los raizales negros. Ahora, todas las ideas fueron dosificadas, ya que en los primeros días solo conversábamos en los descansos entre conferencias, luego empezamos a salir a comer juntos e incluso a tomarnos unas copas al final del día. Durante nuestras conversaciones introdujo estos temas de la colonización cultural de forma gradual y nos entendimos muy bien».

Mélody calla un momento y toma un pequeño sorbo de Martini con la vista perdida en algún punto inalcanzable. Entonces, aprovecho para preguntarle ¿cómo llegaron a cimentar su relación? Con gesto un poco cansado, pero animada por la pregunta continúa su relato: «En Bogotá continuamos los encuentros y poco a poco empecé a interesarme por él, al principio como colega, luego como posible compañero y finalmente como el socio capitalista que necesitaba para agrandar mi agencia. No me di cuenta de que él usaba mis propias palabras como un espejo. Blandía mi reflejo para acercarse a mí». Esto último lo dice con pequeño quiebre de voz, algo que no correspondía con su imagen de mujer imperturbable. Para darle un pequeño descanso, tomo mi bebida y uno de los últimos canapés y ella hace lo mismo.

Luego, con un nuevo ímpetu, continúa: «Con su talento y simpatía, Percy pronto se ganó el respeto y cariño de los empleados. Algo me molestaba de todo esto, pero en ese entonces no era capaz de identificarlo. Me escocía que, de ser la protagonista de mi vida y mi agencia, me había convertido en espectadora o al menos, en un personaje secundario. No lo veía con claridad, pero me pasaba que en las reuniones con los empleados de pronto ya no me miraban, ni siquiera si era yo quien hablaba, sino que lo miraban a él, como esperando su aprobación.

Si yo le hablaba en confidencia de alguna idea que apenas estaba en ciernes, él, sin aviso, la exponía como propia, desarrollada en todos sus detalles, frente a clientes y colegas. Yo no tenía palabras para protestar porque, al fin y al cabo, lo que le contaba era apenas un germen incipiente, mientras que él presentaba el proyecto con todas sus ramificaciones. Lo que me dolía era que tomara mis iniciativas y las desarrollara sin contar conmigo. Ya no trabajábamos juntos en el proceso de diseño: yo con mis ideas y él con su pragmatismo. También me encontré de pronto con que Percy me explicaba a mí, delante de clientes y profesionales ajenos a mi agencia, ¡la mismísima historia o los objetivos de mi agencia!»

Respira profundo después de esa última frase en la que su voz sonó más alterada de lo que quisiera, prosiguió: «En fin, eso así contado en tres frases se ve clarísimo, pero vivido en el día a día, no era tan obvio. Por ejemplo, me decía que yo era muy importante para él; admiraba en público mi talento, me presentaba en reuniones sociales como su 'jefa' o su alma gemela. Me miraba con sus ojos de gato que sabe lo que quiere o de gatito suplicante que espera una caricia como un regalo inmerecido… En fin, a veces no vemos lo que tenemos al frente, sino lo que queremos ver».

Sabemos ahora que Percy Oñate llegó a Mola Kuna y obtuvo mucha de la información que usó en tu contra ayudado por Minerva, pero ¿cómo logró descabezarte al final? Por un momento, ante la pregunta, se queda pensativa y juega con las pepas de aceituna que había desechado sobre un platico. «Él traía subrepticiamente clientes que yo no aprobaría si supiera. Sin contar con mi manera simple de aceptar trabajos: me convencen o no. Hasta ese momento no había hecho ningún comercial de productos con los cuales yo no estuviera de acuerdo con ciertos principios que me parecían inquebrantables».

La interrumpo para preguntarle cuáles principios son estos tan importantes o le pido un ejemplo de empresas a las que rechazó. Me contesta que nunca hizo comerciales de empresas petroleras, por considerarlas responsables de la contaminación ambiental y del cambio climático, tampoco de campañas políticas, por obvias razones, «ni siquiera acepté representar a famosos diseñadores de ropa, aunque estuvieran de moda, si sabía que sus corporaciones utilizaban a mujeres y niños como esclavos». Hizo otra pausa mirándome a los ojos con los labios apretados y la cabeza apenas echada hacia atrás, invitándome a desafiarla y alistando sus argumentos para debatir. Pero la disuado con una sonrisa y un «de acuerdo».

En realidad, tal como están las cosas en el país, no puedo sino aprobar su posición insobornable y demostrarle toda mi admiración.

Mélody parece cansada y sin entusiasmo para hablar de ese episodio tan reciente y doloroso, así que para animarla ensalzo su última campaña publicitaria. «¿Cómo nació la idea de la campaña animada para A & D, de las joyas y artefactos de lujo?», le pregunto.

«Había una cosa en la que Percy no podía imponer su autoridad sobre mí: la animación digital, al fin y al cabo, éste era uno de los campos en los que me había especializado. Pero al mismo tiempo, era allí donde yo era la responsable directa frente a los clientes y colegas. Acero & Diamantes era una de las empresas en las que él aceptó trabajar sin mi consentimiento. Yo no quería trabajar con ellos, puesto que son en realidad una empresa inglesa —Steel & Diamonds— que extrae nuestros escasos diamantes destruyendo a su paso las montañas. Habrás visto las noticias de esos días sobre el desplazamiento de millares de campesinos e indígenas y de la contaminación del agua, ¿no?

«Cuando me enteré del contrato, ya era un hecho y, para evitar querellas legales contra mi agencia, no me opuse. Al menos no en público. Discutí con él y me di cuenta de que las cosas se habían salido de mis manos, por confiada y por estar tan absorbida con el trabajo. No me di cuenta del poder que él había adquirido y, sobre todo, de lo poco que en realidad nos parecíamos. A & D quería sus comerciales animados, así que me tocó hacerme cargo de esta campaña, muy a mi pesar. Pero igual, el diseño y la animación son mi pasión y me puse a trabajar con muchas ganas para sacar este trabajo adelante lo mejor posible, como siempre».

Recuerdo de manera especial estos comerciales porque me impresionaron, y así se lo digo. Eran unas animaciones bien logradas de personajes fantásticos y mitológicos que usaban las joyas y ornamentos de esta empresa, pero desde un punto de vista novedoso, local, con heroínas trigueñas de cabellos trenzados, muy hermosas. «Sí, así fue. Alcanzamos a sacar algunos de los comerciales antes de que nos hicieran cancelar la campaña. Yo pensaba que había sido un éxito y creo que esa era la impresión del público, pero no sabía que se preparaba este proceso de demandas contra Mola Kuna por derechos de autor, con Imperium® como principal demandante».

Mélody calla y toma agua con sorbos pequeños, queriendo alargar la pausa. Aprovecho para expresarle mi solidaridad y preguntarle por esta demanda, pues, le digo, que no entiendo cómo es posible que hayan puesto una demanda de esta naturaleza, si los personajes de los comerciales no se parecen para nada a los de Imperium®. Se demora un poco antes de hablar, no sé si por ser algo difícil de contar o porque trata de ordenar sus recuerdos. Al fin suspira profundamente y continúa:

«Imperium® y otros grandes de la animación tienen todos los archivos de mis borradores. Al iniciar este trabajo con A&D hice una recopilación de los héroes y heroínas con los que quería trabajar: guerreros y dioses de la historia y la mitología nacional y la literatura universal, algunos de ellos ya representados en películas de Imperium®. Estudié varios clips animados de heroínas y guerreros de varias grandes casas de animación para tener una base en la creación de mis personajes. Al final integré nuestro estilo para lograr lo que quería: caracteres realistas, pero al mismo tiempo fantásticos, con firmeza en sus gestos, pero también con ternura, con cuerpos reales, sin artificios. Hice muchos videos de prueba, muchos estudios, algunos de ellos con personajes parecidos a los de Imperium®, como una forma de afinar mi animación y llegar a mi propio estilo. Los expertos de Imperium® han hecho un minucioso trabajo de disección y al final creen que tienen material suficiente para la demanda».

Como en su libro Mélody hace acusaciones fuertes a personajes del mundo de la publicidad, le pregunto por eso y me dice: «Yo averigüé por mi cuenta y descubrí que el mismo Percy fue quien mandó mis archivos privados a Imperium®, con el apoyo de Minerva y otros diseñadores que manejaban grandes empresas de publicidad. De toda esta trama me enteraba por amigos y colegas que me estimaban y me enviaban las pruebas como correos electrónicos y mensajes de texto entre ellos».

Hablamos entonces de cómo espera que se desarrolle la demanda y de sus planes futuros. «Tengo buenos abogados y expertos animadores que también trabajan en la disección y comparación entre mis personajes ya terminados y los de Imperium® y creen que no tiene un caso fuerte. Al fin y al cabo, mis bocetos eran privados y nunca hubo la intención de publicarlos».

Calla y dibuja media sonrisa con ojos tristes antes de continuar. «¿Sabes qué me parece irónico? Los personajes de mis comerciales pertenecen a la historia del mundo, pero Imperium® se ha apropiado de ellos y si alguien osa recrearlos a su manera, no dudan en demandarlo por infringir las leyes de derechos de autor». Le doy la razón y nos quedamos en silencio unos segundos. Pienso en lo que acaba de decir y siento la misma rabia que ella ha expresado ante los medios.

Ya para finalizar la entrevista, nos cuenta con firmeza, pero con nostalgia en su mirada, que va a dejar el diseño, al menos por un tiempo. Creo que entiendo sus razones para no seguir en el gremio y su deseo de oponerse con dignidad a esta cultura tóxica. Puedo decir sin ambages que esta mujer me ha desarmado.

Nos habla de su nueva agencia de mercadeo y modelaje, «dirigida a empresas que vean a la mujer y, en general a todas las personas, con respeto y tengan conciencia de los productos que promueven». A la pregunta de cómo se llama la nueva agencia, me responde que se llamará Pegaso Dorado. Sorprendido por una respuesta que no esperaba le hago varias preguntas: ¿Por qué ese nombre? ¿Se refiere al Pegaso de la mitología griega? ¿Por qué Dorado?

Ella ríe al ver mi confusión y me dice «¿Por qué no? ¡Pegaso es hermoso! Imagínatelo dorado por la luz del sol». Ríe otro poco, con una risa cómplice, me mira con algo parecido a la humildad, si es que se puede concebir la humildad en esta mujer, y responde: «El Dorado fue ese sueño de los *conquistadores* que los llevó a una violencia demencial sobre los pobladores de nuestro continente. Llevamos en la sangre el sueño del colonizador, junto con el dolor y la pesadilla del indígena y el africano. Cada país desea ser el lugar que esconde El Dorado, y a lo mejor lo fueron todos para protegerse, como una forma de desviar la furia de los invasores dominada por su avaricia. La idea tal vez era mandarlos lejos bajo el embrujo de un tesoro inconmensurable más allá del pequeño pueblo, al otro lado de las montañas, internado en la espesura húmeda de la selva. Cada país del continente muestra con orgullo su Dorado, al tiempo que se avergüenza de su pasado y presente.

¿Y Pegaso? Le pregunto ¿No es parte de la colonización? A lo que respondió alzando la cabeza y mirándome fijamente a los ojos «Querámoslo o no, esa mezcla nos ha hecho lo que somos. Es hora de sentirnos orgullosos y dejar de considerar que una cultura es superior a otra. Nuestro sello ante el mundo es la diversidad y estamos enfrentados a quimeras monstruosas, incluso más grandes que nuestro propio país, pero al igual que en la mitología, con Pegaso las venceremos».

DESENGAÑO

Se levantó cansado esa mañana, cada día era peor que el anterior y tal parece que las cosas no iban a cambiar por ahora. Pensaba en su proyecto. Había perdido el control y recibía, de manera constante, peticiones contradictorias y absurdas. Las personas ya no respetaban sus reglas y se habían vuelto cada vez más egocéntricas y deleznables. Trataba de aferrarse a sus amigos, aquellos que todavía lo llamaban y pensaban en él, pero se daba cuenta de que en realidad no lo querían. Había sido reducido a un complaciente genio de lámpara: tenía que seguir concediendo deseos para continuar siendo lo que era, preferible eso a no ser nada. Le aterraba la idea de ser despreciado y más aún, ser olvidado.

Después de estirarse perezosamente salió hacia su cuarto de trabajo dispuesto a enfrentarse a las solicitudes del día.

—Te levantaste tarde hoy, hijo.

—Si, me sentía un poco indispuesto.

—Si quieres descansa un poco más, yo me hago cargo.

—No, no es nada, seguro se me pasa en un rato.

—Ya llegaron las primeras súplicas, hijo. Ya sabes, con todo lo que pasa allá, la gente nos contacta más temprano.

Dios asintió sonriendo resignado a María, mientras se recreaba con la visión de un nuevo Diluvio Universal.

ÓRBITAS CONCÉNTRICAS

¿Qué podría pues haber hecho ella, siendo lo que es?
¿Había entonces otra Troya para ser incendiada?
William B. Yeats, «Sin otra Troya»

Iremos a ver el eclipse de sol a las montañas de Cherokee. Tú vendrás a mi apartamento a recogerme, con ese entusiasmo tuyo con el que me convencías desde niña de embarcarme en aventuras. Preferiría pasar mis cortas vacaciones de otoño trabajando en mi tesis, pero tú no te rendirás. Igual que ahora estoy yo detrás de Amanda que se frunce de pensar en un viaje tan largo.

—¿Para ir a ver el sol? —dice Amanda compungida —¿No podemos verlo desde aquí, por la ventana? Yo finjo más ganas de las que tengo y le enumero con muchos ánimos las razones para ir. Ahora que lo pienso me pregunto, ¿cuánto de tu entusiasmo era una forma de empujarme? ¿Te gustaban en realidad las aventuras o fingías quererlas para regalarme las experiencias?

Llegarás en tu nuevo auto que compraste con los fondos de retiro. Desde que te jubilaste me parece que eres más tranquila, sin sermones, menos mamá justiciera. Pero yo qué sé, si en esa época apenas nos veíamos para celebrar cumpleaños, navidades y alguna otra ocasión especial. Saldremos sin traumas de la ciudad, tú y yo, solas en un viaje de 10 horas. Tú no hablarás mucho mientras manejas y cantas bajito las canciones que has copiado en tus casetes. Siempre me irritó esa aglomeración de canciones que ponías juntas, sin ninguna lógica musical, nada de rock, baladas, clásica… sino: Agua dulce, fuego y furia, playa soleada… Estaremos un buen rato escuchando el primero, sólo canciones sobre ríos y lluvia: *Ky chororó*, *Bridge over trouble water*, *El Danubio azul*, *El puente sobre el río Kwai* con su silbidito cansón, el suave repiqueteo de la lluvia en *Invierno* y la feroz tormenta de *Verano* de Vivaldi.

—¡Ay, mamá!, tú y tu música de vejestorio —dice Amanda mientras conecta el bluetooth de su teléfono y los tomp tomp tomp electrónicos reemplazan la voz ronca de Sabina. Se inclina para subir el volumen, pero yo la detengo. No podría soportar un decibel más de latidos de bajo en mi cerebro.

De pronto una imagen se impone en mi memoria: Sinead O'Connor cantando *Troy* en los parlantes de tu auto y tú subiendo el volumen casi al máximo, al tiempo que cantas con ella a los gritos: *You shoud've left the light on* y la irritación dio paso al sobresalto y este se redujo a nada ante la angustia que borbotea tras los recuerdos aglutinados. Tú, gritando, yo escondida en mi cuarto, encogida en la sala, aterrada en la cocina ante los platos rotos, portazos de él yéndose para siempre; yo, contenida, con ojos de furia, mi niña encogida ante el asalto, otro portazo, otro él que se va para siempre; Amanda y su bebita llorando, tratando de describirme el último dolor de la puerta que se cierra, tras aún otro él, para siempre.

—Mira, un IHOP, vamos a desayunar —me saca de mis recuerdos la voz de Amanda. Miro el reloj y decido que sí, hemos hecho buen tiempo hasta ahora y podemos detenernos a comer algo. Amanda, animada al fin, pide su desayuno preferido de panqueques con tocineta, mucha mantequilla y jarabe de arce, yo también me siento más ligera ante la idea de un yogurt con fresas y una buena taza de café. Amanda se burla de mi opción y me dice lo hipócrita que soy por escoger algo tan insípido en vez de tocineta y mucha mantequilla, como siempre. Me sorprende este ataque gratuito, pero contesto con calma. No valen explicaciones ni datos médicos, su desdén por mis razones es evidente. Aun así, caigo en la trampa y discutimos. Ahora entiendo tu mutismo, tu actitud defensiva, ¿así serán mis reclamos?

También te pediré desayunar, pero fruncirás el ceño, ¿Acaso no desayunaste en casa?, dirás con la voz al borde del grito. Y luego, suavizando un poco el tono, agregarás: pararemos en el Café de Mary a almorzar, como acostumbramos. Sacarás un paquete de platanitos y alargarás la mano hacia mí con los ojos puestos en la carretera. No había desayunado, pero mejor no diré nada. Me parece que al fin te voy a conocer y a entender, ahora que mi hija me muestra tu reflejo en mí.

Todavía estaremos a varias horas del hotel que escogiste, una habitación para las dos, camas gemelas, cuando será noche cerrada y estarás cansada. Me pedirás que maneje. Mejor. Te dormirás y podré relajarme un rato mientras conduzco en silencio. Mañana será otro día de viaje y de tensiones. Amanda me pregunta cuánto falta, yo le digo duerme tranquila, faltan un par de horas. En el cuarto del hotel no hablaremos mucho, pero tu fastidio será evidente. ¿Para qué me pediste venir si no te gusta mi compañía?, pensaré. Amanda escoge la cama junto al aire acondicionado, sabe que yo lo apagaría, muerta de frío. No sé muy bien qué hacer, ¡hace tanto que no estamos a solas! Para evitar conflictos prendo el televisor y le paso el control.

—Escoge tú —le digo—, pero no lo toma. Me mira sin decir nada, saca un libro y se recuesta en silencio. Yo también me recuesto y saco mi celular para ver los mensajes, pero paso por encima sin leerlos, no puedo sacarme de la cabeza mi relación con Amanda y también con mi madre, las que parecen confundirse en una sola.

Saldremos temprano a nuestro destino final en las montañas de Cherokee. El eclipse será a las tres, tenemos tiempo e irás cantando, como siempre, tus canciones. Aprovecharé tu buen humor para por fin preguntarte por mí, por ti, por todo, y tú, me medirás algo irritada, tal vez pensando que no lo aguantaría, y me confirmarás que nunca quisiste tener hijos. Quedaste embarazada después de que, con increíble esfuerzo, lograste romper las resistencias familiares y sociales para estudiar en la universidad. Me hablarás del miedo de tener que contarle a mis abuelos y la vergüenza que sentías de que pensaran que eras una tonta que se deja embarazar. No te importaba si el abuelo te calificaba de zorra, es menos doloroso porque de entrada él pensaba que eras tonta y no terminarías tus estudios, es lo que esperaban de las mujeres y tú querías demostrar que sí podías. Me hablarás de tu madre, de su rabia por tu *fracaso*, de sus insultos por dejarte embarazar, de su dolor por sí misma, por ti y por mí y todas las mujeres que vendrán. Allí se te quebrará la voz y aspirarás el humo con una bocanada profunda, mirando al frente con intensidad y recostándote en el asiento, como rindiéndote.

Me dirás con ojos tristes que no entendiste el amor de tu madre hasta que me criaste. «¿Sabes?», seguirás con una voz suave, «ella sólo quería que yo terminara mis estudios y yo no entendí que esa era su forma de dejar la luz encendida para mí. Ella era lo que era por su propio pasado, ¿podía haber sido distinta?». Callarás con un gesto de dolor, pero de inmediato tu rostro recuperará sus aristas y tu mirada se hará aún más seca. Al final me dirás: «Nunca tengas hijos, es la extorsión emocional más vieja y exitosa del mundo». No lo entenderé en el momento y me parecerá cruel.

—¡¡¿No querías tener hijos?!! —Amanda me mira alucinada después de que le digo que no, que no lo había pensado antes de casarme. —Entonces, ¿por qué me tuviste?

—Porque me enamoré y tu padre quería tener hijos —y agrego rápidamente al tiempo que intento una caricia torpe— ¡Pero no me arrepiento!, tú eres lo mejor que me ha pasado en la vida.

«A nadie se ama tanto como a los hijos, pero nadie puede romperte el corazón como ellos», mascullarás con la vista fija en la carretera e inclinándote para subir el volumen. Me quedo pensativa al tiempo que Amanda guarda silencio, quizás rumiando lo que le he dicho. A veces el amor entre padres e hijos se esconde en el silencio que sigue tras las verdades que nos hieren.

Nos detendremos para un almuerzo rápido de pollo frito en Bojangles. Siempre me hizo gracia ese nombre, como de un personaje de comics, pero a ti te gustaba por la canción. Tú solo cantarás bajito con Nina Simone. A mí me gusta más la canción original, te diré, y tú dirás incrédula, «¿qué? ¡¿Esa versión tan campechana!?, ¡¡puafff!!» resoplarás con desprecio por mi opinión. Amanda se incorpora en su asiento al entrar al parqueadero del restaurante.

—¿Bojangles?, ¡no!, tú sabes que ese pollo frito no me lo aguanto, vamos a Olive Garden —sentencia sin derecho a réplica, al tiempo que me mira molesta por no estar al tanto de sus gustos. No digo nada para no agriar más el momento, pero me pregunto, ¿en qué he fallado? Creía haber sido un escudo protector contra los rayos maternos que me hirieron Al final otras espinas le crecieron a mi niña. No lo entiendo, ¿de dónde tanta herida supurando? O es así, punto: es el destino de padres e hijos. Tal vez ella a su vez entenderá cuando sus hijos le reclamen esa luz que les falta, como ahora sus protestas me muestran tu luz tan claramente.

En el Parque de las Montañas Great Smoky, se siente el ambiente emocionado. Docenas de personas han tenido la misma genial idea de ver el eclipse desde el mirador y parecemos un grupo de aficionados en el concierto de nuestra estrella favorita. Tú estarás tranquila, casi feliz y eso de alguna manera me hará feliz también. Te pasaré los filtros especiales para tus gafas y la cámara y te observaré montar el trípode y el equipo. Amanda parece admirada con el equipo fotográfico que despliego con orgullo y me pegunta si a su abuela también le gustaba la fotografía. Le cuento de ti y de nuestro viaje, hace tantos años a este mismo sitio para ver el eclipse.

—¡Qué increíble coincidencia! —dice, y yo pienso que nada es coincidencia. Todo son movimientos precisos de astros que giran sobre sí mismos y alrededor del sol, sin detenerse. Causas y consecuencias. Y ya no hablamos más porque el momento ha llegado. El sol se deja morder por nuestra luna y empieza a oscurecer en medio del murmullo expectante de la multitud. El sol se oculta por completo y vemos la increíble corona de fuego. El mundo queda en sombras y silencio, hasta las aves callan. Siento una emoción que no esperaba y me arden los ojos y la garganta. Dejarás la cámara un momento y, abrazándome por la cintura, me dirás que te alegras mucho de estar allí conmigo. Yo te abrazaré y te diré que te quiero.

—Yo también te amo, mamá —Me abraza Amanda, conmovida.

CICLOS

Mami dice que el calor nos va a matar a todos. Dice que a los humanos nos quedan como 20 años. Yo hago cuentas y pienso que no voy a llegar a la edad de la abuela, que se murió hace tiempo. ¡Maracas! Es que ni siquiera voy a ser tan viejóvena como mami, que no es vieja, vieja, pero tampoco es joven, joven. En la casa del abuelo le dije a la Dory que me sirviera el almuerzo frío.

Me voy a morir antes de tiempo con esto tan caliente, ¿no ves que el calor nos va a matar?, le dije. Me miró como si no entendiera nada. Yo quiero llegar a los 100 años, seguí, y ahí sí se rio a las carcajadas. «¡Usted sí sale con unas cosas!» dijo, mientras iba a la cocina a enfriarlo. Pero creo que le contó a mami porque me preguntó qué era esa bobada de querer comer frío. Le contesté y ella se agachó, me miró a los ojos y acariciándome el pelo dijo «No, mi niña, no nos vamos a morir en 20 años, lo que quise decir es que, si no cambian las cosas, vamos a llegar al punto de no retorno». ¿Cómo así?, le pregunté. «No podremos arreglar lo que hemos dañado», dijo, «no podremos volver atrás y el mundo va a cambiar para mal», o sea, mal para nosotros.

A veces yo daño cosas porque quiero verlas por dentro, pero siempre las podemos arreglar. Si no se puede, es porque están dañartas, o sea, no solo dañadas, sino ya muertas, muertísimas, sin arreglo. Yo les hago funerales antes de que mami las lleve a la basura especial donde las reciclan o las reusan. A veces pienso, pues no están tan muertas si resuciclan en otras cosas. Pero el otro día vi un programa en que explicaban que todo es parte de un ciclo y que hasta nosotros vamos a alimentar gusanos y a convertirnos en hierbas y flores. Cuando me muera, voy a resuciclar en un árbol. Alta y fuerte, veré todo desde arriba y tendré pajaritos en mis ramas. Y si todos vamos a morir porque hemos dañarto el mundo, ¿en qué nos vamos a convertir? Le pregunté a mami que me miró con los ojos juntos y lo de en medio arrugado y me dijo que no pensara en eso. Entonces les puse la tarea de averiguarlo al Club de Investigadores Secretos.

Googleé en el computador de mami: ¿Cómo salvar el mundo? Y aprendí mucho sobre el apocalipsis y el juicio final, pero no vi nada que tuviera que ver con el calor de la tierra, sólo las llamas del infierno. Me pregunto si al final sí tienen que ver. ¿Se calienta la tierra porque el infierno está más cerca? ¿O es porque hay más pecadores? Lo pensé varios días y me aburrí porque no hay forma de probarlo y nada qué hacer para arreglarlo. Eso es problema del que se inventó eso del fuego eterno y el juicio final.

Entonces decidí pensar en Santa Marta, que es donde vivo. Eso de salvar el mundo está muy arduo.

Arduo es lo mismo que muy difícil, leí en *Mi pequeño Larousse*, pero me gusta más esa palabra porque parece hecha de fuego y como hablamos del calor que nos va a matar, pues eso, salvarnos del calor ardiente es arduo. Le pregunté a mami y me dijo que ese carbón que vemos acumulado en el puerto, ahí al lado de la playa, justo debajo de la gran roca donde trabaja mami, es un gran problema.

El polvo pequeño que casi ni vemos, pero que sí respiramos, dice, es muy malo. Ella se suena y le salen los mocos negros. Dijo que eso no era lo grave, sino lo negro que se escabulle de los mocos y se cuela en los pulmones. Ella no dijo «escabulle», pero aprendí esa palabra en un programa sobre las serpientes del desierto que corren, bueno, no corren, sino que se deslizan y se esconden en las rocas, y me gustó mucho porque me parece que es una palabra, más rápida que escaparse y más secreta que esconderse.

Ella no puede disfrutar un almuerzo afuera en su roca mirando el mar, porque se llena de carbón. Un día fui y había un señor que comía arroz y yo le pregunté que qué le había echado a su arroz y me dijo que nada, pero estaba lleno de pepitas negras. Mami dijo que era carbón.

Además, vi las fotos del súper hueco que dejan donde lo sacan, la mina, lo llaman, pero es como una pirámide al revés, o sea, como si hubieran enterrado la de Chichén Itzá, de cabeza y al sacarla, se hubiera quedado el molde en la tierra, como unas escaleras gigantes. Chichén Itzá es la pirámide de los Mayas que está en México, aprendí en mi álbum de chocolatinas Jet. Es que, para que me entiendan, en la foto muestran un agujero en la tierra y adentro del hueco unas volqueticas de juguete. Eso le dije. Me mostró entonces una foto de la volquetica, que es en realidad una volquetona, porque está junto a una camioneta, como la que tiene el tío Germán para echar los plátanos de la finca y no le llega ni a las llantas. Un hombre como el tío Germán tiene los brazos apoyados en el platón de la camioneta y si pongo ese hombre sobre otro, necesitamos como seis hombres para llegar arriba de la volqueta. Me quedé muda, totalmente sorpresuda. Porque si ponemos una de esas volquetonas sobre la otra necesitamos más de veinte para llegar arriba del hueco.

Me imaginé parada en el borde mirando al fondo y me dio vértigo. Vértigo es cuando estás en un lugar muy alto y sientes cosquillas en los pies y te da miedo en el estómago porque parece como si quisieran saltar. Los pies, digo. Si el hueco crece más, se va a comer mi ciudad y mi casa, pero mami me dijo que está en otra ciudad. Igual pensé en las casas de los que viven ahí y el vértigo que deben sentir y me dio tristeza.

También me dijo que los que compran el carbón lo usan para quemarlo y que el humo es peor de malo que el polvo que llega a la roca de mami. Ella no dijo peor de malo porque es redundante, me explicó, o sea, significa que lo mismo se dice dos veces, pero como es tan terrible el problema merece ser redundantísimo, a ver si se asustan y hacen algo.

Lo queman. ¡Claro! Más calor para el arduo problema.

En *El tesoro de la juventud*, en el tomo 10 página 87, encontré que el carbón es una cosa muy extraña. No puede haber vida en la tierra sin el carbón. Está en los animales y plantas de todo el planeta, o sea, también en los humanos pues somos animales. Me miré las manos y no vi nada. Fui a verme la cara al espejón de mami que agranda todo y me muestra mi ojo como el ojón del calamar gigante y me acerqué mucho para buscar el carbón en mi piel, pero no vi ningunos puntos negros.

Seguí leyendo y dice que el carbón hace la gasolina y los plásticos y ¡¡los diamantes!! Yo como que no me lo creo. Pero lo dice *El tesoro de la juventud*, que era de mi abuela y luego de mami y nunca me ha dicho mentiras, entonces trato de entender. No lo he visto en ningún animal, ni en los pecerosos de mi pecera, ni en los pececitos del mar, ni siquiera en el Nemo que se murió hace dos meses y le hice una autopsia. No tenía carbón ni pulmones, pero sí corazón. Mi mami me regañó porque lo abrí con el cuchillo afilado que usa para cortar la carne, «¡es muy peligroso!», gritaba «hubieras podido cortarte», pero no me corté nada. Para qué me regaña por lo que hubiera podido pasar si no pasó. Tal vez tenemos carbón cuando se vuelve diamante. Me miré otra vez al espejón y tampoco vi los diamantes brillar. Pero claro, son transparentes.

Estuve un tiempo pensando cómo podía arreglar el problema del carbón en el puerto de mami. Lo primero que se me ocurrió fue quemarlo. Pero no, eso no arregla el problema porque habría mucho humo y mucho calor.

Podría pisotearlo muy fuerte a ver si lo convierto en diamante, pero no sé cómo. Por eso fui a la biblioteca donde hay muchos libros para leer más sobre el carbón. Leí un libro sobre los diamantes y creo que no funcionaría, necesito muuuuucho tiempo para que el carbón resucicle en diamante. Además, parece que no es el carbón, carbón, como el del puerto de mami el que hace el diamante, es otro carbón. Seguiré pensando.

Lo mejor sería mojarlo para que no puedan prenderlo, entonces le dije a mami que me trajera un carbón. Lo mojé con mucha agua y traté de prenderlo en la parrilla del tío Germán, igual a como hace él cuando prepara sus asados, con mucho papel, pero no salió fuego. Voy a ir al puerto de mami a mojar todo el carbón para que no lo puedan prender y no lo vuelvan a traer aquí, entonces no van a seguir haciendo huecos. Pero luego pensé que el agua se seca y entonces a lo mejor sí se va a prender.

Esperé unos días y le puse muchísimo papel y ramitas secas para encenderlo. Al final se puso rojo y se prendieron los papeles y la llama era tan alta que el tío Germán salió con el extinguidor y lo roció todo con una crema blanca, como la crema batida que le ponemos a las fresas. El fuego se apagó y hasta quedó frío ahí mismo. Entonces supe lo que tenía que hacer: conseguir mucha crema batida para dañarto y que nunca pueda volver a prenderse.

Les dije a las Líderes Osas de las Niñas Exploradoras que necesitaba mucha crema batida para hacer pasteles, mucho más ricos que las galletas y seguro más fáciles de vender. En realidad, no me interesa la insignia de «Emprendedora», que les dan a las niñas que venden muchas cajas de galletas, sino la de «Haz del Planeta un Mundo Mejor», pero les diré la verdad después de que arregle el problema del carbón y salga en los periódicos.

Así, conseguí muchos botes de *Whipped Cream*, que es como se llama la crema en el supermercado.

Empecé a escalar una de las montáñulas con mi carrito lleno de botes de crema. Pero pensándolo bien, no era ni siquiera una montáñula, parecía mucho más pequeña. Era un cerro de carbón, no, una pila de carbón, pero muy grande. ¿Sería un cerrillo de carbón o una pilota? No sé, tendríamos que ser varias «yos» para llegar arriba. No supe si seguir escalando, mi ropa ya estaba sucia y mi mami siempre llega brava del trabajo, quejándose de que todo está sucio en su laboratorio, su bata blanca es negra y los zapatos parecen como si hubieran jugado fútbol dentro del asador. Además, el carbón parecía malo, como que me iba a dejar caer en cualquier momento.

No pude pensar mucho porque un ruido acaparador no me dejaba oír nada, ni mis palabras. Creo que el carbón hablaba, pero no pude escucharlo, ahora nunca voy a saber si lo que me dijo era importante. Todo el puerto gritaba, gruñía y rugía. Había muchas máquinas, como esas gigantes que recogen el carbón y lo ponen en los enormes camiones, que lo llevan a los ginormes barcos que están en el puerto. Yo no era más que una hormiga y me asusté. Le dije al carbón que no fuera malo, pero él no me sostuvo y me resbaló de su pilota. Los botes quedaron todos tirados en el suelo. No me atreví a levantarme, tenía un miedo tan grande que me dejó como hueca por dentro.

La máquina godzilluda venía a recoger el carbón donde yo estaba, se veía más gigante desde el suelo y el ruido era tan gordo que no podía oír mis pensamientos, llenaba mis escuchadores por completo y se metía en mis sesos haciéndolos retumbar como si tuviera un motor dentro de la cabeza. Me quedé en el suelo sin poder moverme. La máquina gigante venía hacia mí y se veía bonito el amarillo de sus brazos gigantes contra el azul del cielo. Ni una nube.

Pensé en Espokia allá arriba en el espacio y le pedí a mi familia espokiana que viniera a recogerme pronto, antes de que el calor nos mate a todos. O ahora, les dije, vengan ahora porque me voy a morir. Los del Club de Investigadores Secretos vieron que estaba paralizada y gritaron en mi cabeza.

¡Levántate! Recuerda que queremos vivir 100 años y eso me dio el coraje para escaparme, por eso me levanté, porque el coraje es más fuerte que la valentía y puede vencer el miedo. Corrí hacia el mar, lejos de las máquinas. Me pareció oír gritos de hombres detrás de mí, pero no me paré a escucharlos. Pensé en la crema espichada por las enormes llantas y me dio pesar. Tanta dulzura dañarta para siempre.

Corrí por el borde del puerto para subir a la roca de mami. Me pareció que es muy grande para mí. Todo, la pilota, las volquetonas y el huecote, las máquinas gigantes, los enormes camiones, los ginormes barcos y el arduo problema.

En el laboratorio me quedé sentada mirando el mar y me puse a pensar en «El punto de no retorno» que dijo mami. Ella me explicó ese día que significaba que no podremos volver atrás. Me imaginé que caminaba sin poder devolverme y me pregunté ¿para dónde vamos? Entonces me imagino a los cavernícolas que salieron de África y caminaron por años hasta llegar a Europa y Asia y luego a América y a mi casa. Ya no hay para dónde ir. Le dieron la vuelta a toda la tierra. A lo mejor es que nos vamos a devolver antes de que no podamos volver atrás. Entonces nosotros volveremos a Europa y a Asia y luego todos volveremos a África y luego... ¿a dónde volveremos?

Eso está peor de complicado, porque si es que venimos de Adán y Eva, habría que saber en donde vivían. Otra vez tendríamos que dejar el problema al de arriba, que es el dueño del paraíso y él no nos cuenta nada de lo que piensa. Mejor sería que nos inventáramos nuestro propio paraíso, el sitio al que podríamos volver antes de no poder volver atrás. Sembraríamos muchos árboles y ninguno estaría prohibido, tendríamos muchas flores y viviríamos felices entre los otros animales. Podría ser nuestro punto de retorno, nuestro propio paraíso, nuestro Retorniso.

AGRADECIMIENTOS

A Jorge Mejía, Alberto Caballero, Álvaro Mata
Guillé, Francisco Rodríguez Buezo de Manzanedo y
Leonor Rodríguez, por leer todo o parte del libro y
hacer comentarios valiosos.

A Antonio, por sus ideas inteligentes y estimulantes,
y al querido grupo M20 por las cálidas sesiones y los
valiosos comentarios.

A Montalba, Eva y los compañeros de escritura, por
todo lo que aprendí y disfruté.

A Rosario Mejía por su entusiasta colaboración en
la maquetación.

A Santiago Mosquera, por su generoso diseño de
la cubierta.

To Jeff for his unwavering support and love.

A mis hijos y nietos por su apoyo constante y
su cariño.

ACERCA DE LA AUTORA

Nací en el filo de la montaña, en ese increíble desafío que se llama Manizales. Crecí en el altiplano, mirando los bellos cerros orientales de la sabana de Bogotá y me hice adulta entre el mar y la Sierra Nevada de Santa Marta, rodeada de la magia costeña del Caribe. Me desempeñé como bióloga marina durante 15 increíbles años, trabajé en investigación, buceando y viviendo en Santa Marta, hasta que me exilié del mar, de mi patria y de mi oficio, para empezar una nueva vida en Estados Unidos. Allí vivo desde entonces junto a mi esposo, mis hijos y mis nietos.

Escribí desde siempre y nunca me tomé en serio. Ahora escribo y trabajo en mi editorial, Tessellata, para colaborar con otros escritores que desean publicar en nuestra lengua materna.

Amo los libros y me gusta recogerlos y compartirlos con otras personas que persisten en leer en español en este país. He publicado tres libros de poesía: *Palabras sumergidas* (Floricanto Press, 2018), *Etimológicas* (Tessellata, 2021) y *Lo que no pudo ser y es* (Tessellata, 2023). Mis poemas y relatos cortos han sido publicados en antologías y diversos magazines literarios digitales. El poema «Esa paz que quiero» ganó mención de honor en el concurso «Mil Poemas por la Paz del Mundo, 2019».

«Al escritor le importa lo que significan las palabras, lo que dicen, cómo lo dicen. Los escritores saben que las palabras son su camino hacia la verdad y la libertad, por eso las usan con cuidado, con reflexión, miedo y deleite. Los narradores de historias y los poetas se pasan la vida aprendiendo el arte de usar bien las palabras. Y sus palabras hacen que las almas de sus lectores sean más fuertes, más brillantes, más profundas».

Ursula K. Le Guin

www.ingramcontent.com/pod-product-compliance
Lightning Source LLC
Chambersburg PA
CBHW030540130626
46552CB00006B/2341